少年奇探團

① 波特石與T博士

作者／曲小奇編寫組

三星堆遺址

大力小學

少年奇探團入團申請書

歡迎加入少年奇探團！
請先自我介紹吧！

姓名：

我的專長：

我的弱點：

我的興趣：

我不喜歡：

人物介紹 ......

曲小奇

就讀大力小學四年級，是少年奇探團的靈魂人物，擁有豐富的語文、歷史和地理知識，才思敏捷，也能靈活應對各種突發狀況，是團隊的「智力擔當」。

武角星

就讀大力小學四年級，是曲小奇的同班同學和最好的朋友，喜歡吃美食，遇到困難總是勇敢面對，是團隊的「搞笑擔當」與「勇氣擔當」。

黑小逗

大力小學的機器人老師，其實是來自巴比諾星球的外星人，擅長使用高科技，偶爾冒出的「逗言逗語」會讓人捧腹大笑，是團隊的「科普擔當」。

白小花

來自巴比諾星球的外星人，與黑小逗一起擔任大力小學的機器人老師，但在返回巴比諾星球時，遭遇了難以預料的情況，和黑小逗失去聯繫。

校長

大力小學的校長，在年輕時偶遇來到地球的黑小逗和白小花，於是邀請他們擔任大力小學的機器人老師，知道波特石的祕密。

小狸

就讀國中七年級，父母是 G50 太空研究院的研究員。因為打碎波特石，被詛咒而變成一隻狸花貓。在尋找波特石碎片的過程中，遇到了少年奇探團一行人，並與他們建立了深厚的友誼。

目錄 ◎

書中用藍字寫出的成語和加「＿＿＿」的句子，都是名言佳句，可以運用在作文中喔！

引子

　　隨著「砰——」的一聲巨響，G50 太空研究院突然響起警報聲：「非法入侵，G50 一級警報！非法入侵，G50 一級警報……」

　　星際研究員王志遠和林言快速穿過閃爍著警示燈的走廊，跑向實驗室。王志遠連忙輸入密碼，打開實驗室上鎖的大門。伴隨著巨大的轟隆聲，厚重的大門緩緩打開，兩

人匆匆進去察看，實驗室看起來沒有被人強行闖入的痕跡。但是當林言看向工作臺時，立刻察覺有異狀，她大驚失色的喊道：「糟糕，波特石不見了！」王志遠趕緊四處尋找，發現地上有一塊波特石的碎片！

一場奇怪的意外，一顆不翼而飛的波特石，即將讓大力小學四年級的曲小奇和武角星踏上奇幻的冒險之旅，他們將會面臨一連串嚴屬的考驗！

第1章
不翼而飛的波特石

　　曲小奇和武角星是大力小學的四年級生，他們是同班同學，也是好朋友。曲小奇長得瘦瘦小小，有一雙大眼睛，他聰明伶俐，對萬物都充滿好奇心，喜歡辯論，擁有豐富的語文及科學知識。武角星則長得高高壯壯，喜歡吃美食，個性憨厚老實，喜歡地理，富有正義感。

　　「噹噹……」放學鐘聲響了，

曲小奇一把抓住想第一個衝出教室的武角星，又指了指教室角落的打掃用具。武角星恍然大悟：今天輪到自己和曲小奇擔任值日生。

很快的，整個教室就響徹著武角星的歌聲：「啦啦啦！巫師騎著掃帚飛！我的掃帚只能清理垃圾堆！」他一邊掃地，一邊用粗啞的嗓音大聲唱道。

曲小奇聽不下去了，連忙催促武角星去倒垃圾，他們等會兒還必須去找校長呢！

兩人打掃完，鎖好教室的門，一起來到校長室門前喊了聲「報告！」，得到校長允許後，才輕輕的推門走進去。

校長是一位慈祥的老先生，他的身材有些發福，額頭上有著像湖水波紋般的皺紋，圓圓的下巴上留著山羊鬍，而一雙深邃的眼睛依然炯炯有神。

「我有一項非常重要的任務，

不知道能不能交給你們？」校長說話時，山羊鬍跟著輕輕顫動，他伸手輕撫鬍子，看向曲小奇和武角星。

「是什麼任務呢？」曲小奇興奮的追問。他從小就喜歡有挑戰性的事，也對萬物充滿了好奇心。

「您放心交給我們吧！」武角星雖然還不知道任務的內容，但聽到校長說是「非常重要的任務」，就一定要展現出充滿信心的模樣，適時表現自己。

「這個任務是——尋找波特石的碎片。」校長終於揭曉答案。

「波特石？」兩個男孩都歪著腦袋，困惑不已。

「事情要從 20 年前說起。」校長緩緩說道：「當時，我還是一位年輕力壯的物理老師，常常去爬山和露營。沒想到，在某次露營時的奇遇，竟然改變了我對宇宙的認知。那天清晨，太陽剛從地平線上

升起，世界和往常一樣慢慢甦醒。不同尋常的是，我看到遠處走來一黑一白兩個機器人，他們有著方方的腦袋，大大的眼睛，雙手長得像鉗子。黑色機器人拿著一顆拳頭般大的透明珠子，經過晨光照耀，珠子散發出五彩的光芒，耀眼得讓人睜不開眼睛。黑色機器人先開口告訴我，他的名字是黑小逗，另一個白色機器人叫做白小花，他們來自巴比諾星球。」

「難道他們就是小逗老師和小花老師？」曲小奇瞪大雙眼，驚訝的說道。

「別著急，聽我說完。」校長拿起茶杯喝了一口水，繼續回憶。

那時，第一次見到外星人，校長被嚇得連連後退，是黑小逗一再保證他們沒有惡意，校長才放下心來。

經過兩個外星人的介紹，校長得知了一顆從未聽過的星球——巴

比諾星球，那裡的居民都是機器，人、植物和動物都必須依靠電能才可以生存。在整個宇宙中，巴比諾星球擁有最強大的電能。

不過，讓校長疑惑的是：他們為什麼離開家園，千里迢迢來到地球呢？難道想使用高科技，把地球變成第二個巴比諾星球？校長很擔心地球會被外星人占領。

黑小逗和白小花對校長解釋：原來黑小逗手中那顆耀眼的珠子叫做波特石，在巴比諾星球上，它是一顆生命之石，對星球的發展有著不可或缺的重要性。可是，波特石的能量快耗盡了，因此他們來到地球，尋找可以為波特石補充能量的能量化石。

「那麼，你們要找的能量化石在哪裡？」校長好奇的問。

「不知道。」黑小逗搖搖頭。

「今天是我們抵達地球的第一天，你是我們遇到的第一個地球

人。」白小花補充道。

聽完校長的神奇經歷，曲小奇和武角星非常驚訝，過了好長一段時間還無法回神。沒想到兩位機器人老師是外星人，真是太酷了！武角星更是被神祕的波特石深深吸引，他驚嘆宇宙中竟然有這麼厲害的東西，能支持一顆星球的發展，他不禁幻想自己如果也能擁有波特石該有多好！

看著呆若木雞的兩名學生，校長笑著繼續說：「從此，我就和黑小逗、白小花建立了深厚的友誼。為了讓他們在地球執行任務的期間，可以更快適應這裡的生活，我請G50太空研究院為他們植入一張記錄了『地球生活守則』的晶片。」

「難怪小逗老師知道那麼多地球上的『不成文規定』！」武角星大聲驚呼，彷彿發現了天大的祕密。

「後來，就像你們看到的，他們成為我們學校的機器人老師。我們利用課餘時間來尋找能量化石，但這麼多年都一無所獲。三年前，取得他們同意後，我把波特石送到了 G50 太空研究院，我的學生──王志遠和林言，是那裡的星際研究員，他們正在研發高科技儀器，讀取波特石的機密資訊，希望能發現有關能量化石的線索。」

「校長，」曲小奇忍不住打斷校長的話，疑惑的問：「您不是說波特石已經被送到 G50 太空研究院了嗎？那我們應該要尋找能量化石才對，為什麼任務是尋找波特石呢？您是不是弄錯了？」武角星也如夢初醒般「是啊！是啊！」的附和。

校長微微一笑。「別急，讓我告訴你們。」

男孩們只好耐住性子繼續聽。校長接著說：「前天夜裡，我接到

林言的電話，她焦急萬分的告訴我，波特石被打碎並消失了。」

「是研究員不小心打碎的嗎？」

「一定是有壞人闖進實驗室了！」

「可以檢查監視器拍下來的影片！」兩人再次脫口而出他們的想法。

「由於波特石裡面可能有機密資訊，為了防止洩露，實驗室從入口到內部都沒有安裝監視器，所以無法得知是誰打碎波特石。」校長搖搖頭。「更奇怪的是，實驗室沒有被人強行闖入的痕跡。」

曲小奇和武角星聽完，顯得更困惑了。

「他們只在地上找到一塊波特石的碎片。」校長拿出一個盒子，裡面放著一塊碎片。「就是我手裡這塊。」

兩人湊上前去，好奇的打量波

特石碎片。只見盒子裡靜靜躺著一塊形狀不規則的透明碎片，傍晚橘紅色的餘暉穿過校長室巨大的落地窗，映照在碎片上，它的表面彷彿被刻上一道道精美的水波紋，綺麗的色彩使人沉醉。

武角星氣憤的說：「一塊碎片就這麼光彩奪目，完整的波特石一定很漂亮！到底是誰把它打碎的？真是太可惡了！」

曲小奇的臉上也露出了惋惜與忿忿不平的神色。

「波特石變成這個樣子，其餘部分還不翼而飛，最著急的應該是小逗老師和小花老師吧！」曲小奇擔心的說。

「對，但是……著急也沒用……」這時，門口傳來一陣氣若游絲的機器人聲音，還夾雜著電線漏電時的「嗞嗞——」聲。

三人望向門口，原來是黑小逗。可是，眼前黑小逗的慘狀簡直

讓人難以置信，只見他吃力的扶著門框，全身傷痕累累，頭上的天線不停冒出火花，連右邊的機器手也損壞了，只剩一根彈簧連在胳膊上，整隻手就像壞掉的鐘擺般毫無規律的擺動著。

曲小奇和武角星急忙衝上前去，把黑小逗扶進校長室。幸好虛弱的黑小逗只是線路故障了。

上個月，波特石裡突然出現一股陰森又漆黑的氣息，黑小逗和白小花隱約覺得巴比諾星球出事了，便決定回去一探究竟。

當兩人抵達家鄉後，卻發現整顆星球已經被一片黑色迷霧籠罩，所有人的眼中都閃爍著英文字母T，還會突然大吼「T博士，賜給我黑暗力量吧！」，以及「尋找波特石，T博士最強！」等奇怪的句子。

原來，巴比諾星球的居民早已被一個名叫T博士的神祕人所控

制。 為了獲得強大的力量， T博士迫不及待的想抓住黑小逗和白小花， 並從他們手裡得到波特石。 因此兩人剛回到巴比諾星球， 就被T博士的士兵追擊。

為了逃離T博士的魔掌， 他們與士兵發生了激烈的戰鬥， 身負重傷。 在危急萬分的時刻， 白小花毅然決然挺身而出， 引開敵人， 讓黑小逗設法逃脫。

在逃跑的路上， 黑小逗心裡只有一個念頭： 我要回到地球， 找到能量化石， 再帶著波特石回來， 拯救白小花與巴比諾星球！ 最後， 黑小逗成功躲過敵人的追捕， 白小花卻不幸被俘虜。

聽完校長說的話， 小花老師英勇無畏的精神讓武角星深受感動， 他下定決心， 大聲喊道：「 勇敢是我武角星的座右銘， 我絕對不能袖手旁觀， 一定要為老師們和巴比諾星球接下這個任務！ 」

　　當務之急是盡快找到波特石與能量化石，讓波特石重新充滿能量，才有可能戰勝T博士。

　　然而，眼前還有很多問題需要釐清，比如打碎波特石的人是誰？其他碎片在哪裡？這一切是不是T博士的「先下手為強」？

　　曲小奇托著下巴思考了一會兒，他覺得T博士會抓住老師們，並且想從他們手中得到波特石，代表T博士不知道波特石早就被送到了G50太空研究院。曲小奇也認為透過小花老師捨身救人的勇敢表現，相信她絕對不會向壞人妥協，一定會對波特石的祕密守口如瓶。

　　但武角星依然懷疑，是不是還有其他人知道波特石的祕密？

　　正當他們議論紛紛的時候，校長告訴大家：「其實，還有一個線索。研究員利用現場留下的碎片，進行了定位追蹤，結果在中國四川省的三星堆遺址附近，追蹤到波特

石發出的訊號。 你們必須趕在暑假期間出發， 因此現在最重要的是把小逗老師修好。 」

看著虛弱的小逗老師， 男孩們不約而同的舉起雙手贊成。

「 曲小奇、 武角星， 你們都是非常聰明、 善良和勇敢的孩子， 而且平常都喜歡向小逗老師學習。 」校長鄭重其事的說： 「 小逗老師也希望你們能與他一同前往三星堆遺址， 尋找其他的波特石碎片。 」

「 沒問題！ 」 曲小奇和武角星異口同聲的回答。

「 那麼， 你們就組成一個尋找波特石碎片的團隊吧！ 」 校長提議道。

「 好啊！ 」 武角星興奮的說：「 勇敢的少年們即將踏上奇幻的探險之旅！ 我們的團隊應該取什麼名字呢？ 」

「 就叫做少年奇探團吧！ 」 曲小奇邊說邊站起來， 眼睛裡閃爍著

期待的光芒。

「這個名字真好，你的名字正好也有一個『奇』字。」武角星開心的補充。

「沒錯……」黑小逗艱辛的發出了微弱的聲音。

「好！少年奇探團，這個艱巨的任務就交給你們了。」校長說完，便把波特石碎片交給曲小奇。

曲小奇小心翼翼的接過波特石碎片，堅定的說：「校長，您放心，我們一定會圓滿達成任務！」

曲小奇和武角星互相鼓勵彼此，接著一起高呼：「少年奇探團，加油！」

第2章
出發吧！少年奇探團

「叮叮叮……」電話鈴聲響起，武角星睡眼惺忪，懶洋洋的接起電話：「喂？」

「武角星，你還沒起床嗎？」聽筒裡傳來曲小奇的聲音。黑小逗已經恢復原狀，少年奇探團馬上就要啟程，校長通知他們，今天一早趕快到學校後面的樹林集合。

一聽見曲小奇的聲音，武角星

就想起他們的任務，頓時睡意全無，充滿力量的回答：「我起床了，馬上就到！」他一躍而起，匆忙洗漱完畢，火速出發。

武角星到達集合地點時，其他人早就在等他了。全員到齊後，校長就帶著少年奇探團去參觀將會陪伴他們探險的飛船。

曲小奇和武角星興奮的對看一眼，兩雙眼睛裡就像閃爍的星星。他們緊跟在校長及小逗老師身後，穿過一片茂密的樹林，來到一塊空地上，那裡停靠著一艘銀白色的飛船，船身又扁又長，看起來就像一隻魟魚，而陽光透過樹葉的縫隙，在船身上留下一個個斑駁的光點，閃爍著若隱若現的光芒。

武角星看到眼前的飛船時，大吃一驚，不斷發出「好酷啊！」的讚嘆。

曲小奇在驚訝之餘，還發現了一件有趣的事：這艘酷炫的飛船

上，竟然畫著一隻鳥？

「校長，請問船身的圖案是鳥還是鶴？」曲小奇好奇的問。

校長笑咪咪的回答：「這是一隻鳥，牠叫做畢方，因此這艘飛船叫做『畢方號』。」

曲小奇恍然大悟，他知道畢方是中國古代神話中的一種鳥。根據《山海經》的記載，畢方身形如鶴，只有一隻腳，有著細長的白色嘴巴，身上的羽毛呈青色，上面還有紅色的斑紋，而牠的叫聲就像在呼喚自己的名字：「畢方！畢方！」

校長順勢告訴他們：「中國的航空器常常用神話故事裡的人物或動物來命名。比如登月探測器叫做『嫦娥』，暗物質粒子探測衛星叫做『悟空』，太陽監測衛星計劃叫做『夸父計劃』。」

介紹完新奇的知識，校長慈祥的笑著說：「希望這艘『畢方號』

能保護少年奇探團圓滿達成任務，平安歸來。」

帶著校長的祝福，少年奇探團興高采烈的登上飛船。

走進飛船，曲小奇和武角星再次目瞪口呆，內部巨大的空間實在太驚人了！四周的牆上設置著螢幕，上面全都是複雜的數據和代碼。駕駛操作臺上有各式各樣的操縱桿、按鈕和儀表板，透過駕駛操作臺上方的螢幕，可以將飛船外面的景象看得一清二楚。所有設備都充滿高科技感，使兩個男孩好奇的想把看到的東西都嘗試一遍。

黑小逗告訴他們：「這艘飛船有自動駕駛的功能，只要輸入目的地，它就會自動規劃路線，並載著我們安全抵達。」

「飛船已啟動，即將飛往三星堆遺址，請勿隨意走動。」飛船裡的人工智慧提醒道。

武角星按照指示坐好，卻突然

失望的說：「這麼大的飛船上竟然沒有食物可以吃，小逗老師和校長太不體貼了。」

曲小奇哭笑不得的安慰他：「小逗老師是不需要進食的機器人，餓了只要充電就好，飛船上當然不會準備食物。不然……我幫你『充電』吧！」說完，他就伸出手對武角星撓癢癢。

武角星連忙求饒，承諾再也不提吃東西的事了。但過了不久，他又流著口水說：「等我們到了三星堆，我一定要大吃一頓！」

曲小奇很納悶，三星堆有什麼好吃的東西嗎？

武角星抬起頭，露出得意洋洋的神色，對曲小奇說：「你太孤陋寡聞了，三星堆在中國四川省，那裡是美食的天堂！火鍋、缽缽雞、擔擔麵和麻辣燙，每一樣我都想吃！對了，四川還有大貓熊，說不定我們也能看到呢！」

31

「我覺得不太可能。」曲小奇面有難色的說：「因為三星堆遺址在四川省廣漢市三星堆鎮的三星村，離大貓熊的棲息地有點遠。不過，三星堆附近有一條河，叫做鴨子河，也許我們可以賞鴨。」

「鴨子河！一整條河都是鴨子嗎？」武角星很吃驚。

「哈哈！你說得也對，因為一到寒冷的冬天，整條河上都是從北方飛來過冬的野鴨，鴨子河也因此得名。」曲小奇被武角星訝異的表情逗得哈哈大笑。

「即將抵達三星堆遺址，準備降落。」飛船的人工智慧再次廣播。

透過飛船的窗戶，兩個男孩看到了地面上的黃土堆、河流和弧形的臺地。

「那片弧形的臺地好像彎彎的月亮！」武角星驚奇的說。

「沒錯。」曲小奇繼續介紹：

「　在歷史上，這裡曾經有三個巨大的黃土堆，隔著一條小河，與形狀像月亮的臺地相鄰，所以古人便為這裡取了一個很好聽的雅稱，叫做『三星伴月』。」

　　「沒想到那些『沉睡三千年，一醒驚天下。』的文物就藏在這三個巨大的黃土堆下方，真是太神奇了！」聽完曲小奇的介紹，武角星再次發出讚嘆。

第3章
三星堆的初次遇襲

飛船平穩的降落在三星堆遺址，但是少年奇探團到了這裡才發現，三星堆遺址實在太大了，想找一塊碎片，簡直就像大海撈針！

「小逗老師，您能更精準的定位嗎？」武角星雙眉緊鎖的問道。

「沒辦法。」黑小逗搖搖方形的腦袋，給出否定的答案。

曲小奇深思一會兒，建議大

家：「我們不要像無頭蒼蠅似的到處亂闖，應該找個人多的地方打聽，或許會有收穫。」

「你說得對，我看過好多武俠小說，書中的大俠都會到市集上打聽消息。」武角星說完，還有模有樣的比劃著自創的「武功招式」，才心滿意足的出發。

少年奇探團來到離三星堆遺址不遠的商圈，街道兩旁有形形色色的店鋪，包括以三星堆為主題來設計商品的紀念品店、咖啡館和茶舍，還有一些流動攤販在販賣酸辣粉、金絲麵、豆腐腦等美食小吃。攤販的老闆們都在大聲吆喝，吸引人們前去光顧。

武角星流著口水左看右看，最後停在一家賣豆腐腦的攤位前。「老闆，來兩碗豆腐腦！」

「沒問題，您稍等。」儘管老闆正低著頭忙碌，依舊熱情的回應。等他做好豆腐腦，端起碗準備

遞給武角星時，一抬頭看見黑小逗，立刻嚇了一跳，結結巴巴的說：「這……這位怎麼看起來有點怪……我、我是說特別？」

「您別緊張。」武角星連忙說明：「他是我們學校的機器人老師──小逗老師。」

老闆這才鬆了一口氣，小聲嘀咕：「還真是怪事年年有，今年特別多。」

「怪事？」曲小奇聽到老闆的喃喃自語，十分好奇的問：「這裡最近發生了什麼怪事嗎？」

「最近這裡出現很多怪模怪樣的『人』。」老闆指了指黑小逗，說道：「就像這位老師一樣。」

「像小逗老師一樣！難道是巴比諾星球那些被T博士控制的居民？」武角星轉頭問曲小奇。

曲小奇趕緊朝武角星使了個眼色，示意他別說溜了嘴。

這時，賣豆腐腦的老闆突然像

被施展了定身咒般，待在原地一動也不動，但他的身體不斷傳出「喀喀！」的聲音，像一臺年久失修的機器正在重新啟動。忽然間，老闆的表情大變，黑色瞳孔中出現了大大的英文字母T，他一邊念念有詞，一邊像是被操控的機器人似的邁開步伐，朝著武角星撲過去。

仔細一聽，原來老闆念的是：「尋找波特石，T博士最強！」

「快跑！」少年奇探團瞬間反應過來，拔腿就跑，並且拼命的大聲呼救。

黑小逗的雙輪轉得飛快，邊「跑」邊說：「一定是T博士襲擊了老闆，把病毒程式放到他的身體裡，老闆才會變成這副模樣。」

「T博士怎麼知道我們會去那裡買豆腐腦呢？」曲小奇不解的問。

「T博士應該會讀心術，他實在太可怕了！」武角星猜測道。

遠處「尋找波特石，T博士最強！」的呼喊聲越來越大了，聽起來有十幾個人同時在喊這句話。

　　武角星回頭一看，立刻嚇了一大跳！有好多人在後方追著他們，就連賣酸辣粉的阿姨和賣金絲麵的小姐，都變得像機器人一樣，向少年奇探團衝過來了！

　　「看來T博士對所有人都進行了程式攻擊！我們該怎麼辦？」曲小奇大喊。

　　「交給我！」黑小逗遙控停在不遠處的「畢方號」，開啟了緊急避難模式，只見艙門朝少年奇探團所在的方向自動打開了。

　　就在黑小逗和武角星快要登上「畢方號」時，後方突然傳來曲小奇的叫聲：「放開我！放開我！」

　　原來曲小奇被敵人抓住了！武角星見狀，馬上奮不顧身的跑回去，準備營救自己的好朋友。

　　當曲小奇正在奮力掙扎，試圖

從敵人手中逃脫時，他看見武角星跑向自己，急忙喊道：「武角星快走，趕快搭飛船離開！」曲小奇打算把波特石碎片扔給武角星，希望夥伴們能順利逃走。

武角星沒有理會曲小奇的話，因為他絕對不可能拋下夥伴！武角星大吼著為自己壯膽，同時舉起拳頭揮舞，想要與敵人正面對決。

就在武角星準備大展身手時，另一個敵人馬上撲向他，大力將他壓制在地上。武角星拼命想掙脫，但敵人已經舉起拳頭，正朝著他揮去——突然間，奇怪的事發生了！敵人的拳頭定格在空中，其他敵人也像木頭人一樣定住不動了！武角星困惑得撓了撓後腦杓，難道他們被自己勇敢的舉動嚇到了嗎？

這時，天上出現一位穿著金色絲綢長袍的女孩，長袍上有魚和飛鳥圖案的精美刺繡。她頭上戴著樹枝造型的金色頭冠，散發優雅高貴

的氣質，身邊環繞著如陽光般溫暖的光芒，是一位古典美女。只見她拋出一張閃著金色光芒的網子，抓住那些被 T 博士控制的人。曲小奇趁機逃了出來，武角星也趕忙從地上站起來，兩人終於脫離危險了。

「天上是不是有一個發出金色光芒的女孩？還是我出現幻覺了？」逃離敵人魔掌的曲小奇喘著氣問道。

「天上的確有個女孩，她真像一位仙女啊！」武角星也驚魂未定，卻還是忍不住讚嘆。

女孩慢慢的降落在地上，微風吹拂她的衣裳，接著她用銀鈴般優美的聲音說：「我不是仙女，而是守護三星堆遺址的金杖精靈，你們可以叫我杖靈姐姐。」

第4章
歡迎來到三星堆宇宙遊樂園

　　擺脫可怕的追兵後，少年奇探團終於鬆了一口氣，黑小逗也從「畢方號」下來，與兩個男孩會合。此時，他們對眼前這位自稱「杖靈」的救命恩人好奇不已。

　　「你為什麼會來救我們？難道你是校長派來的救星？」武角星擦著汗。「校長太厲害了，不僅認識外星人，還認識精靈！」

「校長是誰？救星又是什麼？」杖靈困惑的看著兩個男孩，緩緩伸出右手，接著說道：「我出現在這裡，是為了這個。」

順著杖靈指的方向看去，原來她說的是曲小奇脖子上那個裝有波特石碎片的錦囊。與此同時，錦囊裡的波特石碎片像是感應到了什麼似的，發出一閃一閃的光芒，那道光芒太過耀眼，隔著錦囊都能看見。

「杖靈姐姐，你怎麼知道波特石的祕密？」曲小奇懷疑的問道。

「我不知道什麼是波特石，我只是在前幾天撿到了一塊漂亮的碎片。就在剛才，它突然發出和你的錦囊相同的光芒，我的身體也被一股難以名狀的力量吸引，跟隨它前進後，我就遇到了你們。更奇怪的是，我能感受到離你越近，這股力量就越強大。」杖靈說出來龍去脈。

「杖靈姐姐，你撿到的一定是波特石碎片，可以把它給我們嗎？」武角星高興得伸出手，期待杖靈把碎片交給他。

杖靈想了想，決定考驗他們，她沒有把波特石碎片拿出來，而是說：「既然你們這麼想要，那就要通過我的測試。」她剛說完，少年奇探團就聽見「轟隆」一聲，地面傳來震動。三人低頭一看，驚人的事情發生了：腳下的土地突然裂開一條巨大的縫隙，彷彿張大了嘴巴，要將所有人都吞進肚子裡。武角星嚇得趕緊抓住曲小奇和小逗老師，三人才勉強沒有摔倒。

裂縫在擴大到約 50 公分的寬度時停住了，此時，一段石頭階梯憑空出現，並向下延伸到地底。

「我們必須沿著階梯走下去嗎？」曲小奇一邊努力站穩，一邊問道。

「沒錯。」杖靈點頭。

曲小奇猶豫不決，最後決定：為了波特石，為了兩位老師和巴比諾星球，絕對不能錯過這次機會！

「杖靈姐姐應該不是壞人，她剛才還救了我們呢！」武角星看出好朋友的擔憂，安慰的說。

「小胖子，算你聰明。」杖靈不忘對武角星開玩笑。

「我不是胖，是壯！」武角星嘟著嘴反駁。

於是，由杖靈在前方帶路，少年奇探團緊隨其後。黑小逗開啟照明模式，從胸前發射出一道光束，驅散前方的黑暗。一行人沿著旋轉階梯往下走，花了半小時才抵達地底。周圍的牆壁上有許多奇怪的圖案，吸引了少年奇探團的目光。

武角星邊看邊說：「這是魚，這是箭，這是原始人⋯⋯咦？怎麼還有一隻雞？」

「那不是雞，是一種會捕魚的飛鳥。」杖靈糾正他。

　　「我覺得這些圖案是部落的圖騰，可以看到背景裡有田野、湖泊和房屋，感覺像一個村落。」曲小奇說出自己的想法。

　　杖靈點了點頭，向他們說明這些壁畫：「上面繪製的是古代的魚鳧王朝，那時有兩大部落：魚部落和鳧部落。後來，兩個部落合併成為魚鳧王朝，魚鳧王鍛造了一根金杖，作為他的權杖……」

　　「難道是從三星堆遺址出土的那根 金杖 ？」曲小奇忍不住打斷了杖靈。

　　只見杖靈抬起手臂，張開手掌，一根散發著光芒的金杖便出現在少年奇探團面前。雖然大家看到的金杖只是虛擬的影像，但上面的圖案還是呈現得一清二楚。

　　曲小奇和武角星驚訝的發現，金杖上的圖案竟然和牆上的飛鳥、魚、箭及原始人頭像一模一樣！

　　「杖靈……難道你就是金杖的

46

金杖

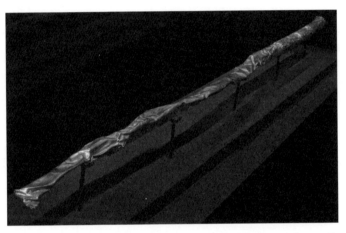

三星堆遺址祭祀坑出土文物

　　金杖是一根由金箔包覆在木杖上的權杖，外層的金箔上刻劃著精美的圖案。金杖底部有兩個對稱的人物頭像，他們頭戴五齒王冠，耳朵上有三角形的耳環，並且笑容可掬。金杖上方並排著兩組相似的圖案，是一支利劍穿過鳥的頸部和魚的頭部，這種鳥叫做「鳧」，是一種會捕魚的飛鳥。

　　有學者推測，「魚」和「鳧」是兩個部落的標誌，他們結盟成為魚鳧王朝。也有人認為魚和鳧代表「上天入地」的含義，金杖是魚鳧王用來與神溝通的法器。現在，金杖被認為是「王者之器」，象徵著王權與神權。

化身？」曲小奇靈光一閃。

「你挺聰明的嘛！」杖靈誇獎道。魚鳧王朝滅亡後，金杖便化身為杖靈，一直在三星堆遺址守護這片土地。隨著魚鳧王朝消逝，它的開朝之謎也塵封到地底下。

「『蠶叢及魚鳧，開國何茫然！』魚鳧王朝究竟是如何建立的？其中的謎團真是撲朔迷離呀！」曲小奇感嘆道。

「杖靈姐姐，數千年來，你一個人一定很孤單。」武角星說：「等我們找到波特石，完成任務後，就回來找你！」

「我才不孤單呢！」杖靈不高興的說：「這裡好玩又熱鬧，我這就讓你們見識！」杖靈大聲說道：「歡迎來到三星堆宇宙遊樂園！」

「這裡竟然有遊樂園！」曲小奇和武角星頓時眉飛色舞。

原來，杖靈在三星堆遺址駐守千年，某天，她突然得到一個青銅

知識小學堂

蠶叢及魚鳧，開國何茫然！

　　這句詩出自李白的〈蜀道難〉，李白描繪了古蜀國「難於上青天」的險要地形，使古蜀國「遺世而獨立」的形象躍然紙上。「魚鳧王朝」是古蜀國的朝代之一，但由於古蜀國的歷史撲朔迷離，使後人難以知曉。李白也感嘆，傳說中蠶叢和魚鳧都曾在古蜀國稱王，但因為時代太過久遠，開國的歷史無法考究，更為古蜀國增添了神祕的色彩。

〈蜀道難〉（摘錄）

唐・李白

　　噫-吁ュ嚱ュ，危乎高哉！蜀道之難，難於上青天！蠶叢及魚鳧，開國何茫然！爾來四萬八千歲，不與秦塞通人煙。西當太白有鳥道，可以橫絕峨眉巔。地崩山摧壯士死，然後天梯石棧相鈎連。上有六龍回日之高標，下有衝波逆折之回川。黃鶴之飛尚不得過，猿猱ュ欲度愁攀援。青泥何盤盤，百步九折縈巖巒。捫ュ參歷井仰脅息，以手撫膺坐長嘆。

　　問君西遊何時還？畏途巉巖不可攀。但見悲鳥號古木，雄飛雌從繞林間。又聞子規啼夜月，愁空山。蜀道之難，難於上青天，使人聽此凋朱顏！

寶盒，還能透過它接收到外星人的訊號。杖靈利用青銅寶盒和外星人聯繫，漸漸成為朋友，之後便有越來越多外星人來到三星堆拜訪她。於是，杖靈每年會挑選一個時間，把三星堆附近的地底變成宇宙遊樂園，舉行盛大的派對。

只見杖靈的手一揮，伴隨著「嘎吱──」的聲響，牆壁上隨即出現一扇青銅大門，並緩緩打開。

映入三人眼簾的是一望無際的遊樂園，左右還有兩排青銅衛兵列隊歡迎。歡笑聲從各種遊樂設施上傳出，來自各個星球的遊客正在愉快的玩耍。兩側的牆上掛滿了青銅面具，喜、怒、哀、樂……各種表情應有盡有。廣場中央有一座噴泉，它激起的水霧帶著淡淡的彩虹色光芒。一條軌道設置在噴泉旁，車廂形狀像是陶製雙耳杯的雲霄飛車「轟隆隆」的呼嘯而過，風馳電掣的朝青銅衛兵隊伍的盡頭奔去。在

這裡，新奇的事物層出不窮，讓少年奇探團看得目不暇給。

曲小奇對那座噴泉最感興趣，它噴出的水柱似乎被「精雕細琢」了一番，就像流動的水晶。他觀察一陣子後，終於看出了其中的祕密。

原來，噴泉的上、中、下三層水管，呈高低不齊的樹枝狀，上面還有碩大的果實，有的往上長，有的向下垂。其中，往上長的果實上各站著一隻鳥，共有九隻。樹幹上則盤踞著一隻頭朝下、尾朝上的巨龍。這座噴泉的造型和三星堆出土的青銅神樹極為相似。

武角星也好奇的盯著噴泉看，他發現噴泉湧出的水流忽高忽低，彷彿在說話。

杖靈見狀，走過來對少年奇探團說：「噴泉裡的水經過幾千年的歲月流轉，有了靈性，正在講述關於魚鳧王朝的故事呢！」

青銅神樹

三星堆遺址祭祀坑出土文物

　　三星堆目前出土了八棵青銅神樹，其中修復最完整的被命名為一號神樹，它的高度接近4公尺，是中國至今出土的青銅文物中形體最大的一件。

　　這些青銅製的樹狀文物被定義為「神樹」，是融合了古代傳說中建木、扶桑、若木等神樹的寓意，有著連接天地、人神溝通的功能，是中國極具意義和代表性的樹木造型工藝品。

　　武角星和黑小逗豎起耳朵，準備仔細聆聽，曲小奇卻在一旁東張西望，滿臉都是不安的神色，覺得好像有人在暗處監視他們。

　　武角星不以為意，認為曲小奇太緊張了，於是拉著他去看那些長相各具特色的外星人。「你看那個人，頭上竟然長著一對長長的兔耳朵！」

　　黑小逗一眼就認出那是巴比諾星球的鄰居——蘿蔔特星球的居民。「他來自蘿蔔特星球，那裡的居民都擁有超乎常人的敏銳聽力。」黑小逗向兩名學生說明。

　　「看來他有一對順風耳。」武角星開玩笑的說。

　　學到新的有趣知識後，曲小奇又發現了一些頭部包覆在泡泡裡的人。在小逗老師的介紹下，兩人得知這是泡泡星球的居民，泡泡是他們身體的一部分，而他們的星球離巴比諾星球大約1.5萬光年。

「小心！大家快低頭！」突然間，杖靈大喊道。

「貝塔、貝塔、貝塔……」一陣奇怪的聲音迅速由遠而近，同時一道蛇形光影從他們頭頂上方疾馳而過。武角星縮了縮脖子，看著飛速遠去的背影，還以為有人在玩「貪吃蛇」的遊戲。

原來，剛才衝過去的是來自貝塔星球的居民，他們以疾如閃電的飛行速度享譽全宇宙。不過，也因為飛行速度太快，導航系統無法及時更新，導致他們非常容易迷路。

少年奇探團在如此奇幻的三星堆宇宙遊樂園裡，不斷左顧右盼，眼睛都捨不得眨一下。看著他們興奮又雀躍的模樣，杖靈高興的說：「三星堆宇宙遊樂園對全宇宙的居民開放，歡迎你們盡情享受！」

54

第5章

曲小奇智破巨球題

　　三星堆宇宙遊樂園裡面張貼了「遊戲競賽公告」，少年奇探團站在公告前仔細閱讀。

　　三星堆宇宙遊樂園即將迎來一年一度的遊戲競賽，這個競賽已經舉行好幾屆了，每一屆都高手如雲，競爭非常激烈。今年更是盛況空前，各星球實力高強的選手都會前來一爭高下。競賽是個人賽，共

少年奇探團

有五輪，採淘汰制，闖關成功的選手會進入下一輪比賽，失敗者則會被淘汰。通過層層關卡，從眾多參賽者裡脫穎而出，取得勝利的人只會有一個。想要在這個競賽中獲勝，選手必須智勇雙全。

看到少年奇探團在研究遊戲競賽的公告，杖靈緩緩走了過來。「你們想參賽嗎？優勝者不僅能獲得比賽中累積的遊戲幣，用來兌換三星堆紀念品禮盒之外，還能向我提出一個要求喔！」

「一個要求？」這句話引起曲小奇的興趣。「可以要求得到你手裡的波特石碎片嗎？」

「只要你能取得勝利，當然沒問題。」杖靈笑嘻嘻的答應。

少年奇探團一聽，毫不猶豫的決定報名參賽。

「想參加遊戲競賽，必須先取得參賽資格，跟我來吧！」杖靈帶他們坐上電梯。

「到達資格賽大廳。」隨著悅耳的廣播聲響起，一行人走出電梯。

剛邁出電梯，武角星就興奮的叫了起來：「哇！太熱鬧了！」

這個大廳宛如一座運動場般寬廣，裡面卻人山人海，擠滿了參賽者。大廳內還有十個巨大的鐵籠，按照 1 到 10 的號碼依序排開。鐵籠的頂端是敞開的，側面有一扇門，而鐵籠的正上方竟然懸吊著一顆大球！

杖靈告訴少年奇探團：「所有參賽者都要選擇一個鐵籠並站進去，上方的大球會在參賽者進入後掉落。」

這個規則讓曲小奇和武角星不寒而慄。

「哈哈！別害怕。」杖靈接著說：「參賽者會穿上防護衣，就算大球掉下來，也會安然無恙。不過，只要身體任何一個部分接觸到

大球，防護衣就會消失，參賽者也就無法獲得參加遊戲競賽的資格了。」

武角星心有餘悸的拍拍胸口，放下心來。

少年奇探團不想錯過這個機會，於是三人都報名參加資格賽。

這時，杖靈走到大廳中間，拿著麥克風說：「歡迎各位來到三星堆宇宙遊樂園，參加一年一度的遊戲競賽，接下來即將進行資格賽。青銅衛兵會將線索發給各位，請注意，從收到線索到選擇鐵籠，只有10分鐘的時間，時間一到，鐵籠會自動關閉，沒有選擇或碰到大球的人，都將失去資格。」

隨著青銅衛兵走路時發出「噹啷」的金屬撞擊聲，參賽者紛紛收到線索，包含一個透明的長方形盒子和一根頂端是小球的棍子。武角星百思不得其解，看不出這些東西與選擇鐵籠有什麼關係。

此時，其他參賽者的討論聲傳入武角星的耳朵裡。有人說球和盒子一共是兩件物品，因此應該選 2 號鐵籠。也有人說棍子是數字「1」，長方形盒子有點像數字「0」，所以 10 號鐵籠才是最佳選擇。大家眾說紛紜，導致武角星不知所措。

「答案一定不會像大家說的那樣顯而易見。」曲小奇拿起兩樣物品仔細觀察。突然間，他發現盒子上寫有「W = 4cm」的字樣。

這時，武角星也有了新發現，他看到小球上刻著「R = 1.5cm」。cm 是公分的縮寫，可是 R 和 W 是什麼意思？武角星還是一頭霧水。

59

「在數學中，常用 R 表示圓的半徑，W 表示長方形或長方體的寬。」小逗老師及時提醒。

「天啊！玩遊戲居然還要算數學？既然盒子上寫著『W=4cm』，乾脆一不做，二不休，直接選擇 4 號鐵籠吧！」武角星打算孤注一擲。

「小逗老師，什麼是圓的半徑？」曲小奇泰然自若的問。

「圓的半徑是在一個圓中，圓心到圓周任意一點的距離。而半徑的兩倍，就是圓的直徑。」黑小逗詳細的解釋。

「小球的直徑是 3 公分，比長方形盒子的寬 4 公分短了 1 公分，這代表什麼呢？」曲小奇邊思考邊自言自語。

「表示小球可以放進長方形盒子裡。」正當曲小奇絞盡腦汁時，武角星突然大聲說：「小球代表大球，長方形盒子代表鐵籠，因此這根本不是線索，而是要告訴我們，

所有大球都會掉進鐵籠裡，沒有人可以通過資格賽！」

可是曲小奇不這樣認為，他堅信這一定是有意義的線索，只是因為不夠認真觀察而找不出答案。

此時，其他參賽者陸陸續續走進鐵籠，有的去了5號，有的去了9號……

「唉呀！不管了，隨便選一個吧！」武角星著急的催促曲小奇，不想放棄的曲小奇只好拉住武角星，不讓他亂跑，自己則咬著嘴脣繼續思考。

杖靈在一旁笑嘻嘻的提醒大家：「時間還剩30秒。」

突然間，曲小奇雙眼發亮，拉著武角星和黑小逗鑽進了沒有人進入的7號鐵籠。武角星很困惑，為什麼曲小奇要選擇沒有人的鐵籠呢？曲小奇的想法真是讓他難以理解。

鑽進鐵籠後，曲小奇立刻蹲到

角落，用手抱住頭，並要求武角星與小逗老師趕快各自找一個角落，做出和他一樣的姿勢。

三人剛蹲好，杖靈就開始倒數計時：「三、二、一──時間到，關閉鐵籠，把球放下！」

「啊啊啊！」伴隨著參賽者一陣陣驚恐的叫聲，十個鐵籠上方的大球都掉了下來。被球砸中的參賽者雖然毫髮無損，但身上的防護衣卻消失了，表示他們無法獲得參加遊戲競賽的資格。武角星蹲在 7 號鐵籠的角落動彈不得，他一會兒看看眼前的大球，一會兒看看冷靜的曲小奇，不知道他們是否被淘汰了。

曲小奇微笑著告訴大家，他們的防護衣沒有消失。武角星卻還是想不透，他們頭上的大球和其他人一樣掉下來了，為什麼沒被砸到呢？

「按照杖靈姐姐的說法，防護

衣與大球接觸就會消失，使參賽者無法獲得參加遊戲競賽的資格。但是我們身上的防護衣沒有消失，代表我們和大球沒有任何接觸，所以我們挑戰成功了！」曲小奇邊揉膝蓋邊解釋。

武角星恍然大悟，看來選擇哪個鐵籠其實無關緊要，重要的是不能接觸到大球。

曲小奇是在選擇時間快結束的時候，突然發現當小球落入長方形盒子時，盒子下方的四個角落與小球之間各有一個同樣大小的空隙。因此曲小奇推測，只要躲在鐵籠的四個角落，緊緊縮成一團，就不會和落下的大球接觸了。

杖靈揮揮手，大球就回到鐵籠上方，門也打開了。她來到 7 號鐵籠旁，對少年奇探團說：「你們很機智，恭喜過關！」看見他們還沉浸在成功的喜悅中，杖靈提醒道：「別發呆了，快去註冊大廳登記參

賽資格吧！」

少年奇探團趕緊跑到註冊大廳，其他選手已經在排隊，等待登記參賽資格和分配編號了。輪到少年奇探團時，三人分別報上名字，系統便自動分配參賽號碼，由一個溫柔的女性聲音播報：「第 198 號，黑小逗。第 199 號，武角星。第 200 號，曲小奇。恭喜三位獲得參加遊戲競賽的資格，登記成功。」

面對即將到來的比賽，少年奇探團充滿了期待，雖然還不知道遊戲內容是什麼，但他們早已做好面對各種困難的準備了！

第6章
不能動的木頭人

　　懷著獲得參賽資格的喜悅，少年奇探團進入三星堆宇宙遊樂園的遊戲競賽大廳。

　　三人剛踏入大廳，便響起廣播：「歡迎第 198 號、第 199 號和第 200 號選手。」大廳裡已經站了許多和他們一樣的參賽選手，所有人都穿著寫有參賽號碼的外套。這些選手中，不僅有和曲小奇及武星一

樣的地球人，還有外形極具特色的外星人──有的長著與大象相似的長鼻子，有的皮膚像斑馬紋一樣黑白相間，有的還長著像鳥一樣的翅膀。

「看來我們的對手深不可測啊！」曲小奇感嘆。

「沒錯，而且我們都排到第 200 號了，必須打起精神，全力以赴！」武角星握緊了拳頭。

武角星剛說完，杖靈便向少年奇探團走來。

「看來你們已經做好參加遊戲競賽的準備了。」杖靈說話的時候，亮晶晶的頭冠閃爍著一閃一閃的光芒。「這是青銅腕錶，它是外觀設計成青銅色澤的高科技電子錶，會顯示正在進行的遊戲相關資訊，也有導航、通話等功能，還可以查詢你們在遊戲中獲得的遊戲幣數量。」

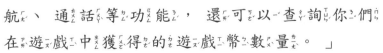

武角星接過青銅腕錶，便愛不釋手，立刻戴上。「這比我的智慧手錶酷多了！」

曲小奇抬起頭問杖靈：「怎麼做才能獲得遊戲幣呢？」

「在每一輪遊戲競賽成功晉級的選手，就可以獲得遊戲幣。每一輪獲得的遊戲幣數量，取決於被淘汰的選手數量。」杖靈解釋。

「也就是說，如果一輪比賽淘汰100名選手，那麼剩下的每位選手都能獲得 100 個遊戲幣；如果淘汰150名選手，剩下的每位選手就能獲得150個遊戲幣，以此類推？」

「完全正確。」杖靈滿意的說。

「如果我們被淘汰了，還有機會復活嗎？」

「當然——」杖靈故意拉長音賣關子，才接著說道：「沒有！淘汰者會被送出遊戲會場，青銅腕錶的功能也會失效。」

「天啊……」少年奇探團剛建立好的信心，瞬間消失了一大半。

「不過，即使被淘汰，也不會一無所獲。雖然失去了繼續參加遊戲的資格，但淘汰者可以留下青銅腕錶當作紀念。」杖靈安慰道。

「我們是想贏得比賽，拿到波特石碎片，又不是為了得到這個手錶！」武角星忿忿不平的說。

「既然如此，我們在每一輪競賽都不能失敗。」曲小奇冷靜的分析。

杖靈點點頭，表示認同。

正當少年奇探團準備跟隨杖靈進入比賽場地時，一個身影從後面衝過來，「砰」一聲的撞到了武角星。

武角星感受到撞擊，頭也不回的說：「小逗老師，您撞到我了。」

「對不起，我不是故意的。」說話的不是黑小逗，但聲音聽起來

少年奇探團

好耳熟！少年奇探團不約而同的回頭一看——

「小花！」黑小逗嚇到差點弄掉了輪子。

「小花老師！」曲小奇和武角星也吃驚的張大嘴巴。

「小花老師，您、您不是被Ｔ博士抓走了嗎？怎麼會出現在這裡？」武角星結結巴巴的問。

「小花，巴比諾星球還好嗎？」黑小逗也焦急的問。

這時，白小花的頭上忽然閃過一段只有她能看見的奇怪文字：「目標人物出現！目標人物出現！」但她好像不清楚發生了什麼事。

白小花回過神來，低聲說：「我也不知道巴比諾星球現在怎麼樣了。當時，我和小逗分開後，就被關進了監獄。有一次趁守衛換班時，我偷偷的溜出來，但在逃跑的路上遇到追兵，被他們用電擊槍擊

中後，我就昏了過去，後來的事就全都不記得了。等我醒來時，就已經在這裡，身上還穿著這件印著157號的衣服。」

「小花老師，那您現在還好嗎？」武角星關心的問。

「我只有輕微損傷，可以自己修復，不過現在頭還有點暈⋯⋯」白小花說著，還摸了摸自己的頭。「對了，你們怎麼也在這裡？」

「唉！波特石不但被打碎，還不見蹤影了，只剩下一小塊碎片。校長說消失的其他碎片可能在三星堆遺址，於是我們就趕過來了。」武角星回答。

「什麼！剩下來的那塊碎片在哪裡？」白小花連忙追問。

「我把它放到錦囊裡，掛在脖子上。」曲小奇指了指自己胸前的錦囊。

「這樣安全嗎？」白小花緊盯著曲小奇的錦囊。

「嘿嘿！小花老師，您放心吧！」武角星拍胸脯保證：「最危險的地方就是最安全的地方，小奇這樣貼身帶著它，誰也別想搶走！」

黑小逗補充：「我們要找的波特石碎片在杖靈手裡，她說自己能實現遊戲競賽贏家的一個願望，所以我們才會參加競賽。」

「原來如此。」白小花沉思了一會兒，對大家說：「那我們四個人要同心協力，互相幫助，只要我們當中有一個人獲勝，就能拿到波特石碎片。」

武角星倍受鼓舞，激動的伸出手，其他人見狀也照著做，四個人的手緊緊疊在一起，異口同聲的說：「四人同心，其利斷金！」

這時，廣播裡傳來催促的聲音：「請還沒有到第一輪競賽場地的選手注意，比賽即將開始。」

少年奇探團停止了談話，跟著

72

杖靈前往比賽場地，與其他選手會合。

第一輪的比賽場地是一個像體育館的大廳，面積至少有兩個籃球場那麼大。這個大廳的天花板非常高，除了有明亮的照明設備，還有許多形狀怪異、看不出用途的裝置。地面鋪上青銅質感、形狀不規則的地磚，看起來暗藏機關。大廳的兩端都畫著醒目的直線，上面分別寫著「起點」和「終點」。

當選手依序在起點線後方就位後，第一輪競賽的主持人就出現了——一個巨大的青銅立人踏著沉重的步伐，走到了終點線的中央。

青銅立人的身高約 180 公分，有一對招風耳，雙眼突出，鼻子高挺，嘴形細長。他戴著一頂高高的帽子，穿著紋飾精緻且繁複的衣服。在衣服上的龍紋、鳥紋、目紋等多種花紋的襯托下，青銅立人看

起來雍容華貴。但最令人印象深刻的是他的臉，即使逆光，也能看出表情冷漠又嚴肅。青銅立人穩穩的站在終點線中央，烏黑的影子投射在場地上，使氣氛顯得神祕又莊嚴。

「歡迎大家來到遊戲競賽的第一輪——不能動的木頭人。」青銅立人的聲音渾厚低沉，語氣卻有些可愛俏皮。「在這個遊戲中，我會背對你們站立，不時回頭看向你們。當我回頭的時候，所有人都不能動。如果有人在我回頭時動了，就會被淘汰。你們在向我走來的過程中，還必須面臨我的考驗。本輪競賽限時 10 分鐘，在規定時間內沒到達終點的人也會被淘汰。」

曲小奇鬆了一口氣，還好是他們玩過的遊戲，比之前資格賽的躲避大球簡單多了。

計時器啟動，青銅立人宣布：「遊戲開始！一、二、三——」

青銅立人像

三星堆遺址祭祀坑出土文物

這座青銅立人像從足底至冠頂有 180 公分，是目前三星堆青銅群像中最高的，也是全世界同時期的青銅人物雕像中規模最大的。

青銅立人像頭戴高冠，穿著紋飾繁複且精緻的衣服，以龍紋為主，鳥紋、蟲紋和目紋等為輔，身上還佩戴著方格紋的帶飾。青銅立人像的雙手手指各比著一個圈，雙臂在胸前略呈環抱狀。腳戴足鐲，赤腳站在方形的怪獸底座上。整尊青銅像看起來十分莊嚴，有學者認為它是依照古蜀王的形象雕刻而成。

所有人一窩蜂的往前衝。

「——木頭人！」

「人」字一說出口，青銅立人立刻回頭。許多選手衝得太快，根本來不及停下腳步，有的因為站不穩而東倒西歪，有的被其他人擠得哇哇大叫，還有的想拉住旁邊選手的衣服試圖站穩，卻將對方也拽倒在地上。更出乎意料的是，地板會隨機打開，導致一些沒有注意到的人就直接掉下去了！

計時器暫停，青銅立人轉動著眼珠，響起「嗶嗶嗶」的聲音，然後伸手指向犯規的人。「你、你、你，還有你，你們都動了，淘汰！」

「不要啊！」

「可以再來一次嗎？拜託……」

「我是被這個人撞倒的，不能算數！」

「明明是你自己摔倒，居然還怪別人！」

一時間，現場變得像嘈雜的菜市場一樣混亂。突然間，犯規的人腳下的地板也打開了，伴隨著一聲聲慘叫，他們全都掉了下去，就這樣被無情的淘汰了。

計時器再次啟動，青銅立人重新背對大家。「一、二、三——」

青銅立人剛開口，一陣大霧瞬間彌漫開來，讓選手們看不清楚方向及周圍的人。黑小逗立刻打開霧燈，為少年奇探團和白小花照明，使四人能看清楚路況，可以大步前行，不會與別人相撞。

「——木頭人！」青銅立人剛說完，有的選手就因為視線不佳而撞在一起，開始互相推擠、爭吵。接下來，只聽見「咚！咚！咚！」的聲響，這些選手也從打開的地板掉下去了。

少年奇探團此刻能平安的站在原地，都慶幸是黑小逗機智的打開霧燈，他們才能逃過一劫。

剎那間，大霧散去，計時器重新啟動，青銅立人卻突然開口：「問答環節開始，搜尋中……選中第200號。」他的目光對準了曲小奇。

曲小奇一臉錯愕。「我？」

青銅立人自顧自的繼續說：「請問地球上的文房四寶是指什麼？」

「文房四寶是……是筆、墨、紙、硯！」曲小奇趕緊回神，迅速說出答案。

「回答正確。下一位，搜尋中……第35號，請問貝塔星球誕生幾年了？」青銅立人再次問道。

被指定的一名女子嚇得臉色發白，顫抖著開口：「我……我不知道，我又不是貝塔星人！」

青銅立人無情的說：「回答錯誤，淘汰。」

只見那名女子腳下的地板立即打開，伴隨「啊！」的一聲慘叫，她就掉下去了。

　　曲小奇後知後覺的感到害怕，甚至不敢擦掉額頭上滲出的汗水。他在心裡默默的想：幸好答對了，不然就會掉進地底，還會被淘汰！

　　青銅立人冷漠的宣布：「問答環節結束，遊戲繼續。一、二、三，木頭人！掃描中……無人淘汰。」有過前幾次的經歷後，大家都變得更謹慎了，有人寧可站在原地不動，也不敢有任何動作。

　　這時，天花板上開始落下水珠，像是零星的毛毛雨。剛好有一滴水落在武角星的臉上，他面有難色，因為水珠像是螞蟻在身上亂爬似的，令人發癢，他只能拼命忍住想抹掉的衝動，任由水珠緩緩從臉上滑落。同樣被水滴到的曲小奇也咬緊牙關，緊閉雙眼，任憑水珠從身上流下去。

　　「怎麼會有水？把我弄得好癢！」缺乏忍耐能力的跳跳星人第一個受不了，一邊用手擦拭臉上的

水珠，一邊抱怨。

「第 116 號，淘汰。」青銅立人也說話了。

「唉！我太倒楣了。」跳跳星人無可奈何的說。

突然間，「雨」停了，但選手們又迎來新的挑戰。「問答環節開始，搜尋中……第 149 號，請問巴比諾星球距離泡泡星球多遠？」

一名有著大耳朵的男子嚇得瑟瑟發抖。「像我們星球到地球那麼遠？我是從半人馬星球來的……」

「回答錯誤，淘汰。」

「啊——」這名男子也從打開的地板掉了下去。

「下一位，搜尋中……第 199 號，請問地球上什麼動物的尾巴斷了還可以長出來？」這回，青銅立人的目光鎖定在武角星身上。

「壁虎！壁虎！」武角星興奮得忍不住大叫。畢竟到目前為止，這個問題對他而言是最簡單的。

「回答正確。問答環節結束，遊戲繼續。一、二、三，木頭人！」

競賽緊張的進行著，計時器顯示還剩下 3 分鐘時，聰明的曲小奇率先抵達了終點，而黑小逗、白小花和武角星還在遊戲中。就在青銅立人轉過去，大家拼命往前衝的時候，站在白小花及武角星中間的黑小逗突然發出「轟轟轟！」的聲音，竟然無法動彈了！

武角星大驚失色。「糟糕，小逗老師不能動了！怎麼辦？」

白小花思考片刻後說：「只好讓小逗留在這裡，我們趕快衝到終點去！」

「不行！時間到的時候，沒有抵達終點的選手也會被淘汰！」武角星不假思索的回絕小花老師的提議。此時，他忽然靈光一閃，連忙說道：「我想到方法了！由我扛著小逗老師跑到終點吧！」

「那、那你要小心喔！」白小花欲言又止。

「一、二、三，木頭──」

在千鈞一髮之際，武角星爆發出驚人的力量，將無法動彈的小逗老師一把扛起，向終點跑去。沒想到在只差一步的時候，武角星不小心絆了一跤，眼看就要跌倒了，情急之下，他把小逗老師拋向終點，幸好小逗老師輪子著地，在地上滑行一小段路後，終於越過了終點線。同時，小花老師也順利抵達終點。武角星見狀，才放心的趴在地上，乖乖的一動也不動。

武角星心想：好險，差點就被淘汰了！這真是最難玩的「一、二、三，木頭人」了！

計時器開始倒數計時，武角星趕忙從地上爬起來，大步衝過終點線，順利和曲小奇等人會合。在計時器停止的那一刻，還有許多選手沒有抵達終點，按照規則，他們都

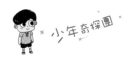

將被淘汰出局。

「剛才真是有驚無險！」曲小奇伸出大拇指稱讚。「武角星，你能想到扛起小逗老師衝向終點，真是當機立斷、允文允武、力大無窮……」

曲小奇妙語連珠，突然發現大家都認真的看著他。

「怎麼了？有什麼不對嗎？」曲小奇一臉疑惑。

武角星哈哈大笑，解釋道：「我們只是想看看，你能用多少不同的成語來讚美我。」

「哈哈！我先保留一些，等你下次立功再說。」曲小奇笑著回應。「小逗老師，你現在怎麼樣了？還能繼續『戰鬥』嗎？」

黑小逗堅定的回答：「沒問題，程式已經重新啟動了。」

「太好了！」大家都鬆了一口氣。

這時，曲小奇驚訝的發現：

「我的青銅腕錶顯示，我獲得了 120 個遊戲幣！」

其他人馬上看向自己的青銅腕錶，紛紛高興的表示他們也獲得了遊戲幣。

廣播在此時響起熟悉的聲音：「第一輪遊戲競賽淘汰 120 名選手，恭喜剩下的 80 名選手成功晉級。請稍做休息，第二輪遊戲競賽將在 30 分鐘後開始。」

第7章
高貴的金面罩

　　第一輪遊戲競賽結束後，選手們休息了 30 分鐘，又被帶到了第二輪競賽的場地——一個像是電視臺攝影棚的室內布景出現在選手們的面前，明亮的燈光將場地照得閃閃發亮，連透明的水晶地板上都能倒映出人的模樣。攝影棚中央有一座高起的圓形舞臺，所有選手都依照指示站到舞臺上。

舞臺中心有一個 2 公尺高、由黃金打造而成的主持臺，一大片的曲面螢幕環繞在場地四周，螢幕上的跑馬燈顯示著中文、英文和其他星球的外星文。舞臺上還擺放著 18 個四人座的答題臺，每個答題臺的兩側各有兩把椅子，以及一塊與答題臺成 45 度角、豎立著的電子答題板。

　　這時，一個陌生的聲音從天而降。「歡迎大家來到第二輪的遊戲競賽——宇宙飛花令。」從空中緩緩降落到主持臺的是主持人——一個薄如蟬翼的金色面罩。他的眉眼鏤空，兩耳輪廓圓潤，鼻梁高挺，大大的嘴巴微張，造型威嚴莊重。而他的聲音具有特殊的金屬質感，清脆悠揚，讓人聽起來心情舒暢。

　　「我是本輪遊戲的主持人，叫做金面罩。這一輪遊戲是一場古詩詞的知識大考驗，選手以兩人為一組，請自行尋找搭檔。分組完畢後，即將進行小組之間的較量……」

金面罩

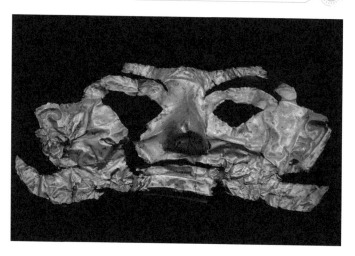

三星堆遺址出土文物

　　金面罩剛出土時，被擠壓得嚴重變形，就像一張被揉成一團的廢紙，考古人員無法分辨它是什麼東西，也不敢輕易下定論，直到其他幾尊戴有金面罩的青銅人頭像出土後，考古人員才受到啟發。而修復人員只用了不到一週的時間，就將變形的金面罩變回了原本的模樣。

　　金面罩由金箔打造而成，長21.5公分，寬11.3公分，高4公分。其眼部鏤空，鼻子隆起，鼻梁還有一條稜線，可以看出製作工藝十分精湛。它的輪廓比例與同坑出土的青銅人頭像面部比例相當匹配，因此金面罩極有可能是從青銅人頭像上脫落的。

「抗議！抗議！」金面罩才說到一半，就被一個不滿的聲音打斷。「這場遊戲對我們達雷剋星人不公平！」

原來那些長得像吸塵器的外星人是達雷剋星人。曲小奇在心裡嘀咕。

金面罩不疾不徐的說：「親愛的達雷剋星朋友們，你們一定是忘記打開青銅腕錶的運動模式了。在這一輪的遊戲中，我們專門為來自達雷剋星球和貝塔星球這樣不擅長文學、更喜歡比武的選手們，另外設置了『宇宙格鬥賽』。請你們開啟青銅腕錶的運動模式，它將指引你們到達專屬的會場。」

「哼！不早說！」

「運動模式啟動，衝刺！」

「走吧！」

達雷剋星人迫不及待衝向他們的比賽場地，立刻消失得無影無蹤，貝塔星人也緊跟在後。由於他

　們移動的速度太快，一個達雷剋星人還不小心撞到曲面螢幕的邊緣，導致螢幕的線路故障，瞬間變得一片漆黑。

　「達雷剋星人的脾氣真暴躁，離開時非得這樣橫衝直撞，還把螢幕都弄壞了。」武角星一邊揮散因為達雷剋星人跑動而揚起的灰塵，一邊抱怨。

　「這也沒辦法，達雷剋星人天生性格急躁，行動總是比思考快。」黑小逗無奈的說。

　武角星插嘴：「我知道，這就叫做『頭腦簡單，四肢發達』。」

　黑小逗哭笑不得的回應：「雖然這句話有點太直接，但的確是他們的寫照。」

　曲小奇好奇的問：「其他星球也有詩歌嗎？他們都知道地球上的詩歌嗎？」

　「據我所知，很多星球都有詩歌，而且也有學習地球上的詩歌。

比如羽鯨星球，甚至還有地球詩歌的研討會。」黑小逗詳細的說明。

「看來我們的對手不容小覷。」武角星有了好方法，提議道：「我和小逗老師一組，小奇和小花老師一組，我們就能相輔相成，如虎添翼！」大家都欣然同意。

其他參賽者還忙著找隊友時，早就決定好分組方式的少年奇探團已經摩拳擦掌，背誦起古詩詞。

突然間，一陣咕嚕聲傳入四人的耳中，武角星低頭摸摸肚子，原來是他的肚子在叫。

「剛才太專注了，現在才想起來，我好久沒吃東西了。」武角星不好意思的傻笑著。「這座遊樂園沒有『能量補給站』嗎？餓著肚子，哪有力氣『戰鬥』呢！」

「我有巧克力，給你。」白小花拿出一塊巧克力，撕開包裝後遞給武角星。

武角星看到巧克力，眼睛瞬間

亮了起來，他急不可耐的迅速把巧克力塞進嘴裡。

「謝謝小花老師，這塊巧克力真是及時雨啊！太好了，我滿血復活啦！」武角星吃完巧克力，手舞足蹈的對小花老師道謝。

這時，金面罩宣布：「由於我們的小精靈正在搶修螢幕，遊戲將在 10 分鐘後正式開始。」只見一隻藍綠色的鳥形小精靈正停在曲面螢幕上，用尖尖的嘴巴左敲敲、右啄啄。

「哇！這個小精靈長得真漂亮，他是什麼鳥啊？」武角星的目光被小精靈吸引住了。

「他是翠鳥，你記得我們以前讀過〈搭船的鳥〉這篇文章嗎？」曲小奇回想文中的描寫，背誦道：「牠的羽毛是翠綠的，翅膀帶著一些藍色，比鸚鵡還漂亮。牠還有一

張紅色的長嘴。」

曲小奇的話吸引了金面罩的注意，他從主持臺飄到少年奇探團的身邊，不由自主的感嘆：「多麼美麗的描述啊！地球上的文學實在太讓人著迷了！」

看到金面罩加入他們的對話，曲小奇再也按捺不住心中的疑惑，鼓起勇氣向他提問：「請問你是三星堆遺址的金面罩嗎？」

金面罩頓了頓，有些訝異的問：「你認識我？」

「我還知道你最初是附在青銅人頭像的臉上，不是獨立存在的，對嗎？」

金面罩微笑著說：「沒錯。你很聰明，我喜歡像你這樣學識淵博的孩子。」

就在他們幾人隨意閒聊時，廣播裡傳來催促的聲音：「還有四人尚未組隊，請盡快登記並入座。」

還有四個人？原來就是少年奇

94

探團！他們光顧著聊天，根本沒注意到曲面螢幕早就修好了，聽到廣播後，才急急忙忙前去登記。

第8章
高潮迭起的飛花令

「第二輪遊戲競賽即將開始。」大會透過廣播宣布：「所有選手都已經分組完畢，本輪競賽共有 40 組選手參加，其中 36 組將在這裡進行『宇宙飛花令』的比賽，另外 4 組已經前往專屬場地參加『宇宙格鬥賽』。每組請派一名代表抽取編號，編號相鄰的兩組將進行對決，之後將由主持人為各位說明競

賽規則。」

武角星躍躍欲試，信心十足的上前抽籤。

「抽到了 1 號，真是個好兆頭！」武角星志在必得的回頭說：「小逗老師，我們一定能拿第一名！」

黑小逗點頭喊道：「加油！必勝！」

「我和小奇是 6 號，我們也會努力的！」白小花也對著武角星說。

選手們抽完編號，按照順序坐到答題臺上。武角星和黑小逗需要與坐在對面的 2 號組對決，曲小奇和白小花的對手則是 5 號組。

每一局由金面罩統一出題，各組需要在規定的時間內，根據題目答出符合要求的詩句。回答正確的小組就能晉級，答錯的小組則被淘汰。如果兩組都回答正確或錯誤，便會加賽一局，直到分出勝負。不

過，比賽的難度會逐漸增加，第一局只有一題，第二局有兩題，第三局則有三題，以此類推。

「第一局的關鍵詞是顏色。」金面罩說道：「請各組在 1 分鐘內，回答出上下兩聯各有一種不同顏色的詩句，詩句出處不限星球，計時開始。」

「顏色……」曲小奇一聽見題目，整個人激動得從椅子上跳了起來，連胸前裝著波特石碎片的錦囊都差點撞到答題板，他不假思索的說：「有了！『日出江花紅勝火，春來江水綠如藍』，這兩句就有三種顏色！」說完，他眼明手快的在答題板上輸入詩句。

「別激動，當心撞到波特石碎片。」白小花拍拍曲小奇的背，勸道：「我幫你拿著吧！」

「沒關係，不用這麼麻煩，我把錦囊收到衣服裡就好。」曲小奇不以為意的將錦囊塞進衣服裡。

　　此時，距離第一局開始才不到 30 秒，曲小奇就已經率先交出答案，畢竟古詩詞是他這個國語小老師的強項。不過，他們的對手安格諾亞星人也不甘示弱，緊隨其後作答完畢。第一局，曲小奇小組和對手以平手收場，然而，另一邊的武角星小組就沒這麼順利了。

　　「輸入『兩隻黃鸝鳴翠柳，一行白鷺上九天』怎麼會不對呢？怎麼辦？」與此同時，武角星他們的對手已經作答完畢了。

　　「當然錯！」黑小逗糾正他：「是『兩個黃鸝鳴翠柳，一行白鷺上西天』。」

　　「好像比我的順耳一點，但還是有點奇怪？我再想想想……」武角星著急的敲打答題臺，臉漲得通紅。「我想起來了！是『兩個黃鸝鳴翠柳，一行白鷺上青天』！」他手指顫抖著在答題板上輸入答案，直到看見答題板上出現「回答正確」的

字樣，才大大的呼出一口氣，卻不忘調侃：「小逗老師，看來你沒有完全修好啊！」

第一局比賽很快結束了，有 8 組因為答錯或未作答而被淘汰，另外 8 組順利晉級，而剩餘的 20 組互相打成平手，因此需要繼續第二局的比賽。

看著不遠處武角星心有餘悸的樣子，曲小奇感慨：「真是一刻都不能掉以輕心，否則就會像其他人一樣被淘汰。」

白小花點點頭。「我們一定要堅持到最後，才能拿到杖靈手裡的波特石碎片。」

金面罩接著宣布第二局的題目：「第二局的關鍵詞是金。請各組在 3 分鐘內，回答出三聯含有『金』字，或帶有『金』意思的詩句，詩句出處不限星球，計時開始。」

曲小奇不假思索的輸入：黃沙

百戰穿金甲，不破樓蘭終不還。

白小花接著輸入：書中自有黃金屋，書中自有顏如玉。

「嗶嗶吧嗶波嗶——」在這個緊要關頭，他們對面的安格諾亞星人竟然開始唱歌。

「他們不把握時間答題，怎麼還有閒情逸致唱歌？難不成是故意干擾我們？」曲小奇緊張了起來。

「這是安格諾亞星球的著名詩歌〈黃金之歌〉。」白小花解釋道。

「把詩唱成一首歌，就像我們學的宋詞嗎？」曲小奇若有所思的說。

「說到宋詞，我又想到一句了，『金風玉露一相逢，便勝卻人間無數』。」擁有豐富的古詩詞知識，讓曲小奇和白小花感覺勝券在握。

「嗶嗶吧波，嗶吧嗶波……」安格諾亞星人還在唱歌。

　　「看來他們只會這首詩歌，除了第一句，其他句子都沒有『金』字或『金』的意思。」白小花搖搖頭，對曲小奇說。

　　「他們記得的詩句很有限。」曲小奇一副志得意滿的樣子。

　　安格諾亞星人還在焦急的思考答案，曲小奇和白小花已經作答完畢，看來能晉級了。

　　但是，武角星和黑小逗的情況就不樂觀了。他們的對手是一對來自羽鯨星球的雙胞胎姐妹，從上一局的表現就可以看出她們的詩歌底子非常好，對武角星小組造成了巨大的壓力。更糟糕的是，武角星的狀態似乎有點詭異，令人匪夷所思。

　　「愛你孤身走暗巷，愛你不跪的模樣……去嗎？配嗎？這襤褸的披風。戰嗎？戰啊！以最卑微的夢……」武角星好像變了一個人似的，自顧自的唱起〈孤勇者〉這首

歌。

黑小逗則不停的在原地轉圈，大喊著：「警報、警報！武角星失控，原因不明！」

沒想到武角星不但沒有停下來，反而唱得越來越起勁，甚至爬上椅子，單腳踩在答題臺上，一隻手假裝拿著麥克風，另一隻手指著天花板，搖頭晃腦的沉醉在自己的世界裡，改唱〈少年〉這首歌：「我還是從前那個少年，沒有一絲絲改變，時間只不過是考驗，種在心中信念絲毫未減！」

黑小逗也堅持不懈的呼叫：「警報、警報！武角星失控，請求暫停遊戲！」

提前交出答案的曲小奇不由得擔心起來。「武角星這是怎麼了？他想學安格諾亞星人嗎？」

「突發狀況。」金面罩聽到黑小逗的呼叫，立即下令：「請青銅衛兵對 1 號組的第 199 號選手進行診

斷。」

　　只見兩名青銅衛兵各斜揹著一個醫藥箱，邁著整齊的步伐來到載歌載舞的武角星面前。其中一名衛兵從箱內拿出一個高科技聽診器，貼在武角星身上檢查，隨後與另一名衛兵說了幾句話，對方便從醫藥箱中取出一支針筒，扎進了武角星的右手臂，武角星這才安靜下來，隨後暈了過去，兩名青銅衛兵馬上將他扶到椅子上。

　　其餘參賽選手也把目光投向武角星，有的是一副捉摸不定的表情，有的則是幸災樂禍的樣子。

　　其中一名青銅衛兵向金面罩報告：「該選手體內檢測出大量的迷魂藥水成分，需要立即服用解毒藥水。」

　　「迷魂藥水！」曲小奇不敢相信自己的耳朵。

　　另一名青銅衛兵立即拿出解毒藥水，快、狠、準的灌進毫無意識

105

的武角星嘴裡。 大概過了幾秒鐘，武角星揉了揉眼睛， 清醒了過來。

「 比賽時間剩下不到 1 分鐘， 請尚未答題的選手注意時間。 」金面罩看見武角星醒過來， 便回到主持臺上提醒其他選手。

曲小奇雖然很想察看好朋友的情況， 但比賽還在進行中， 他不能違反遊戲規則， 貿然上前。

黑小逗趕緊拉一拉武角星的衣服。 「 還差兩句含有『 金』 字， 或帶有『 金』 意思的古詩詞， 交給你了， 我怕我又故障。 」

解毒藥水的效果十分顯著， 清醒後的武角星一改之前失控的狀態， 思路也變得非常清晰。 他沉著冷靜的在答題板上一邊輸入， 一邊念出：「 杜甫的『 烽火連三月， 家書抵萬金』 ， 還有我的偶像李白寫的『 五花馬， 千金裘， 呼兒將出換美酒』 。 簡單， 要我說十句都沒問題！ 」

　　武角星剛交出答案，金面罩就宣布時間到。曲小奇和白小花毫無懸念的晉級，武角星與黑小逗則是死裡逃生的驚險通過。這局有 7 組淘汰，7 組晉級，1 組放棄比賽，剩下的 5 組因為平手，需要繼續參加第三局的比賽。

　　第二局比賽結束後的中場休息時間，曲小奇急忙衝向武角星。「好險我們都通過了！你剛剛真是把我嚇得心驚膽戰！」

　　「你太緊張了，我只不過是憑藉自己的聰明才智，在短時間內連續想出兩句詩而已，有必要這麼吃驚嗎？」武角星驕傲的說著，絲毫不記得他暈倒及召開個人演唱會的事了。

　　「你不記得發生了什麼事嗎？看來是喝到迷魂藥水的副作用。但是，你怎麼會喝到迷魂藥水呢？」曲小奇擔心不已。

　　「什麼藥水？」武角星一頭霧

水。「來這裡這麼久了，我連飲料都沒有喝，怎麼會去喝藥水呢？為什麼你說的話，我一個字都聽不懂？」

黑小逗向他解釋：「你在剛才的遊戲過程中，突然手舞足蹈、大聲唱歌，經過診斷，是因為攝取了迷魂藥水。這個藥水會使人健忘、意識模糊，服用者會先胡言亂語，然後記憶混亂，反應也變得遲鈍，最終將變成任人擺布的狀態。」

「什麼！難道有人要害我？」武角星不敢相信自己竟然與危險擦肩而過，不禁感到害怕。曲小奇也越想越覺得可怕，他的背後陣陣發冷，彷彿墜入了冰水中。他們環顧四周，看著身邊形形色色的參賽者，他們的身分與背景都格外神祕，可能是有人想在遊戲中脫穎而出，才會偷偷暗算他們，也可能和波特石有關……

「無論如何，恢復正常就好。

之後我們一定要多加小心，盡量不要接觸陌生人。」白小花對他們低聲叮嚀。

「中場休息結束，第三局比賽即將開始，請參賽選手回到座位上。」廣播響起，選手們迅速各就各位。現在場上還剩下包括武角星和黑小逗在內的 5 組選手，他們即將進入白熱化的決戰。因為有 1 組放棄參賽，這局無法進行兩組對抗，所以改為搶答制，共有三道題目，每題最快答對的小組可以晉級，一題都沒有答對的小組將被淘汰。

「第一題會顯示在螢幕上，可以直接按下桌上的按鈕搶答，但每題只有一次作答機會。」金面罩宣布：「第一題，開始。」

只見曲面螢幕上出現一些零散的字詞，有「茅」、「草」、「白髮」和「小兒」，看來必須用這些提示，拼湊出一首完整的古詩詞。

「杜甫的〈茅屋為秋風所破歌〉！」武星率先按下搶答按鈕，然後背誦道：「八月秋高風怒號，卷我屋上三重茅……南村群童欺我老無力……不對，好像沒有用到所有的字詞……」

「回答錯誤，1號組失去此題的作答機會，其他選手請繼續搶答。」金面罩搖搖頭，系統響起回答錯誤的音效。

[茅] [白髮]
[草] [小兒]

武ㄨˇ角ㄐㄧㄠˇ星ㄒㄧㄥ捶胸頓足，抱ㄅㄠˋ頭ㄊㄡˊ直ㄓˊ喊ㄏㄢˇ：「可ㄎㄜˇ惡ㄨˋ！」

就ㄐㄧㄡˋ在ㄗㄞˋ武ㄨˇ角ㄐㄧㄠˇ星ㄒㄧㄥ還ㄏㄞˊ沒ㄇㄟˊ從ㄘㄨㄥˊ懊ㄠˋ悔ㄏㄨㄟˇ中ㄓㄨㄥ平ㄆㄧㄥˊ復ㄈㄨˋ心ㄒㄧㄣ情ㄑㄧㄥˊ的ㄉㄜ˙時ㄕˊ候ㄏㄡˋ，有ㄧㄡˇ一ㄧ組ㄗㄨˇ搶ㄑㄧㄤˇ答ㄉㄚˊ了ㄌㄜ˙。

「是ㄕˋ辛ㄒㄧㄣ棄ㄑㄧˋ疾ㄐㄧˊ的ㄉㄜ˙〈清ㄑㄧㄥ平ㄆㄧㄥˊ樂ㄩㄝˋ・村ㄘㄨㄣ居ㄐㄩ〉：『茅ㄇㄠˊ簷ㄧㄢˊ低ㄉㄧ小ㄒㄧㄠˇ，溪ㄒㄧ上ㄕㄤˋ青ㄑㄧㄥ青ㄑㄧㄥ草ㄘㄠˇ。醉ㄗㄨㄟˋ裡ㄌㄧˇ吳ㄨˊ音ㄧㄣ相ㄒㄧㄤ媚ㄇㄟˋ好ㄏㄠˇ，白ㄅㄞˊ髮ㄈㄚˇ誰ㄕㄟˊ家ㄐㄧㄚ翁ㄨㄥ媼ㄠˇ？大ㄉㄚˋ兒ㄦˊ鋤ㄔㄨˊ豆ㄉㄡˋ溪ㄒㄧ東ㄉㄨㄥ，中ㄓㄨㄥ兒ㄦˊ正ㄓㄥˋ織ㄓ雞ㄐㄧ籠ㄌㄨㄥˊ。最ㄗㄨㄟˋ喜ㄒㄧˇ小ㄒㄧㄠˇ兒ㄦˊ無ㄨˊ賴ㄌㄞˋ，溪ㄒㄧ頭ㄊㄡˊ臥ㄨㄛˋ剝ㄅㄛ蓮ㄌㄧㄢˊ蓬ㄆㄥˊ。』」

原ㄩㄢˊ來ㄌㄞˊ搶ㄑㄧㄤˇ答ㄉㄚˊ的ㄉㄜ˙是ㄕˋ羽ㄩˇ鯨ㄐㄧㄥ星ㄒㄧㄥ球ㄑㄧㄡˊ那ㄋㄚˋ對ㄉㄨㄟˋ雙ㄕㄨㄤ胞ㄅㄠ胎ㄊㄞ姐ㄐㄧㄝˇ妹ㄇㄟˋ，回ㄏㄨㄟˊ答ㄉㄚˊ正ㄓㄥˋ確ㄑㄩㄝˋ的ㄉㄜ˙音ㄧㄣ效ㄒㄧㄠˋ響ㄒㄧㄤˇ起ㄑㄧˇ，她ㄊㄚ們ㄇㄣ˙成ㄔㄥˊ功ㄍㄨㄥ晉ㄐㄧㄣˋ級ㄐㄧˊ。

「別ㄅㄧㄝˊ擔ㄉㄢ心ㄒㄧㄣ，還ㄏㄞˊ有ㄧㄡˇ機ㄐㄧ會ㄏㄨㄟˋ。」黑ㄏㄟ小ㄒㄧㄠˇ逗ㄉㄡˋ安ㄢ撫ㄈㄨˇ著ㄓㄜ˙緊ㄐㄧㄣˇ張ㄓㄤ的ㄉㄜ˙武ㄨˇ角ㄐㄧㄠˇ星ㄒㄧㄥ。

金ㄐㄧㄣ面ㄇㄧㄢˋ罩ㄓㄠˋ念ㄋㄧㄢˋ出ㄔㄨ第ㄉㄧˋ二ㄦˋ題ㄊㄧˊ：「請ㄑㄧㄥˇ說ㄕㄨㄛ出ㄔㄨ一ㄧ句ㄐㄩˋ描ㄇㄧㄠˊ寫ㄒㄧㄝˇ綠ㄌㄩˋ色ㄙㄜˋ場ㄔㄤˇ景ㄐㄧㄥˇ的ㄉㄜ˙詩ㄕ，但ㄉㄢˋ詩ㄕ句ㄐㄩˋ裡ㄌㄧˇ不ㄅㄨˋ能ㄋㄥˊ出ㄔㄨ現ㄒㄧㄢˋ帶ㄉㄞˋ有ㄧㄡˇ顏ㄧㄢˊ色ㄙㄜˋ的ㄉㄜ˙字ㄗˋ。」

武ㄨˇ角ㄐㄧㄠˇ星ㄒㄧㄥ一ㄧ聽ㄊㄧㄥ就ㄐㄧㄡˋ愣ㄌㄥˋ住ㄓㄨˋ了ㄌㄜ˙，這ㄓㄜˋ是ㄕˋ什ㄕㄜˊ麼ㄇㄜ˙題ㄊㄧˊ目ㄇㄨˋ？描ㄇㄧㄠˊ寫ㄒㄧㄝˇ綠ㄌㄩˋ色ㄙㄜˋ的ㄉㄜ˙場ㄔㄤˇ景ㄐㄧㄥˇ，卻ㄑㄩㄝˋ不ㄅㄨˋ能ㄋㄥˊ出ㄔㄨ現ㄒㄧㄢˋ帶ㄉㄞˋ有ㄧㄡˇ顏ㄧㄢˊ色ㄙㄜˋ的ㄉㄜ˙字ㄗˋ，哪ㄋㄚˇ有ㄧㄡˇ這ㄓㄜˋ樣ㄧㄤˋ的ㄉㄜ˙詩ㄕ詞ㄘˊ？

正ㄓㄥˋ當ㄉㄤ其ㄑㄧˊ他ㄊㄚ選ㄒㄩㄢˇ手ㄕㄡˇ面面相覷，努ㄋㄨˇ力ㄌㄧˋ

思考時，又有人按下了搶答按鈕。

「『草長鶯飛二月天，拂堤楊柳醉春煙』，當中沒有帶顏色的字，描寫的場景卻是綠意盎然。」

搶答的選手是一隻會說話的狸花貓，金面罩宣布她回答正確，她的小組成功晉級，剩餘的 3 組都倒抽了一口氣。武角星感到芒刺在背，大腦一片混亂，曲小奇在臺下也不由得屏住呼吸。

最後一題的題目緊接著到來，只見曲面螢幕由上而下出現五行字，第一行是「花落知多少」，第二行是「無花只有寒」，剩下三行是三條底線，空白處需要選手們找

花落知多少
無花只有寒

出規律， 說出能填入的答案。

「第一行和第二行的詩句不是出自同一首詩啊！ 題目是不是出錯了？」

「古詩詞又不是數學題目， 會有什麼規律呢？」

選手們都在竊竊私語， 完全沒有頭緒， 武角星的腦袋也一片空白。 當臺下晉級的選手也在悄悄討論時， 有一個細微的聲音傳進了曲小奇的耳朵：「春去花還在。 寒梅著花未。 八九十枝花。」 曲小奇循聲看去， 說話的是在上一題晉級的狸花貓， 他心中產生一股欽佩之情， 同時也閃過一絲擔憂。

場上的比賽依然處於膠著狀態， 這時， 前幾局記憶出現差錯的黑小逗似乎狀態大有起色， 他運用邏輯推理， 發現了題目的奧祕。 他湊到武角星耳邊小聲的說：「每行詩句都必須有一個『花』字。 由於每一行都有五個空格， 因此要選擇

每一句都有五個字的五言詩。『花』字出現的位置，取決於詩句位於第幾行。」

武角星恍然大悟，信心滿滿的按下搶答按鈕，略加思索後說道：「第三行是『感時花濺淚』，第四行是『人閒桂花落』，第五行是……」武角星在最關鍵的時刻說不出話來，緊張得額頭直冒汗，他拼命讓大腦全速運轉，卻還是想不到最後一行該填入的詩句。

「第五行是『還來就菊花』。」黑小逗連忙補充。

「回答正確，恭喜1號組。」金面罩高聲宣布。

至此，第三局的比賽由武角星和黑小逗的1號組、羽鯨星球雙胞胎姐妹的2號組，還有狸花貓的13號組成功晉級。這一輪的「宇宙飛花令」有36名選手過關，在另一個場地舉行的「宇宙格鬥賽」則有4名選手過關，因此晉級選手共有40

名。　同時，　廣播宣布第三輪遊戲競賽將在後天上午進行。

　　「呼──好險啊！」武角星和黑小逗驚魂未定，　真是有驚無險。曲小奇與白小花也迎上前去，　與他們擁抱慶祝。　然而，　少年奇探團都沒注意到，　不遠處有一隻狸花貓正盯著他們。

飛花令

　　你能想到其他含有「花」字的古詩詞嗎？ 試著完成底下的七言詩句飛花令吧！

花未全開月未圓
＿＿花＿＿＿＿＿＿＿
＿＿＿花＿＿＿＿＿＿
映日荷花別樣紅
＿＿＿＿＿＿花＿＿＿
＿＿＿＿＿＿＿花＿＿
＿＿＿＿＿＿＿＿花

參考答案：

花未全開月未圓
桃花潭水深千尺
柳暗花明又一村
映日荷花別樣紅
黃四娘家花滿蹊
牧童遙指杏花村
霜葉紅於二月花

第9章
奇怪的貓

　　前兩輪遊戲競賽消耗了選手們許多精力，幸好在下一輪競賽開始前，有一天的休息時間。

　　在曲小奇和武角星的請求下，他們與兩位機器人老師被分到了同一個休息室。少年奇探團根據青銅腕錶的導航，穿過如迷宮一般的走廊，來到了 102 號休息室。推門進去，只見兩張雙層床相對而放，床

上ァ的ㄉ棉ㄇㄧㄢ被ㄅㄟ疊ㄉㄧㄝ得ㄉㄜ整ㄓㄥ整ㄓㄥ齊ㄑㄧ齊ㄑㄧ。緊ㄐㄧㄣ張ㄓㄤ了ㄌ一ㄧ整ㄓㄥ天ㄊㄧㄢ的ㄉㄜ武ㄨ角ㄐㄩㄝ星ㄒㄧㄥ和ㄏㄜ曲ㄑㄩ小ㄒㄧㄠ奇ㄑㄧ，一ㄧ躺ㄊㄤ到ㄉㄠ床ㄔㄨㄤ上ㄕㄤ就ㄐㄧㄡ立ㄌㄧ刻ㄎㄜ呼ㄏㄨ呼ㄏㄨ大ㄉㄚ睡ㄕㄨㄟ，黑ㄏㄟ小ㄒㄧㄠ逗ㄉㄡ和ㄏㄜ白ㄅㄞ小ㄒㄧㄠ花ㄏㄨㄚ也ㄧㄝ躺ㄊㄤ在ㄗㄞ床ㄔㄨㄤ上ㄕㄤ，用ㄩㄥ自ㄗ己ㄐㄧ的ㄉㄜ電ㄉㄧㄢ能ㄋㄥ轉ㄓㄨㄢ換ㄏㄨㄢ器ㄑㄧ，開ㄎㄞ啟ㄑㄧ充ㄔㄨㄥ電ㄉㄧㄢ模ㄇㄛ式ㄕ。

等ㄉㄥ到ㄉㄠ曲ㄑㄩ小ㄒㄧㄠ奇ㄑㄧ睡ㄕㄨㄟ醒ㄒㄧㄥ，時ㄕ間ㄐㄧㄢ已ㄧ經ㄐㄧㄥ是ㄕ隔ㄍㄜ天ㄊㄧㄢ的ㄉㄜ中ㄓㄨㄥ午ㄨ了ㄌㄜ。

「武ㄨ角ㄐㄩㄝ星ㄒㄧㄥ，快ㄎㄨㄞ醒ㄒㄧㄥ醒ㄒㄧㄥ，已ㄧ經ㄐㄧㄥ中ㄓㄨㄥ午ㄨ了ㄌㄜ，我ㄨㄛ們ㄇㄣ去ㄑㄩ吃ㄔ自ㄗ助ㄓㄨ餐ㄘㄢ吧ㄅㄚ！」曲ㄑㄩ小ㄒㄧㄠ奇ㄑㄧ搖ㄧㄠ晃ㄏㄨㄤ著ㄓ鼾ㄏㄢ聲ㄕㄥ如ㄖㄨ雷ㄌㄟ、滿ㄇㄢ臉ㄌㄧㄢ口ㄎㄡ水ㄕㄨㄟ的ㄉㄜ武ㄨ角ㄐㄩㄝ星ㄒㄧㄥ。

一ㄧ聽ㄊㄧㄥ到ㄉㄠ有ㄧㄡ食ㄕ物ㄨ，武ㄨ角ㄐㄩㄝ星ㄒㄧㄥ瞬ㄕㄨㄣ間ㄐㄧㄢ就ㄐㄧㄡ清ㄑㄧㄥ醒ㄒㄧㄥ了ㄌㄜ。「哪ㄋㄚ裡ㄌㄧ有ㄧㄡ自ㄗ助ㄓㄨ餐ㄘㄢ？」

曲ㄑㄩ小ㄒㄧㄠ奇ㄑㄧ指ㄓ了ㄌㄜ指ㄓ手ㄕㄡ腕ㄨㄢ，說ㄕㄨㄛ道ㄉㄠ：「青ㄑㄧㄥ銅ㄊㄨㄥ腕ㄨㄢ錶ㄅㄧㄠ上ㄕㄤ有ㄧㄡ公ㄍㄨㄥ告ㄍㄠ，快ㄎㄨㄞ走ㄗㄡ吧ㄅㄚ！」

武ㄨ角ㄐㄩㄝ星ㄒㄧㄥ馬ㄇㄚ上ㄕㄤ跳ㄊㄧㄠ下ㄒㄧㄚ床ㄔㄨㄤ，催ㄘㄨㄟ促ㄘㄨ曲ㄑㄩ小ㄒㄧㄠ奇ㄑㄧ趕ㄍㄢ快ㄎㄨㄞ動ㄉㄨㄥ身ㄕㄣ。「吃ㄔ自ㄗ助ㄓㄨ餐ㄘㄢ的ㄉㄜ第ㄉㄧ一ㄧ條ㄊㄧㄠ守ㄕㄡ則ㄗㄜ，就ㄐㄧㄡ是ㄕ早ㄗㄠ起ㄑㄧ的ㄉㄜ鳥ㄋㄧㄠ兒ㄦ有ㄧㄡ蟲ㄔㄨㄥ吃ㄔ，早ㄗㄠ到ㄉㄠ的ㄉㄜ人ㄖㄣ有ㄧㄡ肉ㄖㄡ吃ㄔ。快ㄎㄨㄞ、快ㄎㄨㄞ、快ㄎㄨㄞ！」

少ㄕㄠ年ㄋㄧㄢ奇ㄑㄧ探ㄊㄢ團ㄊㄨㄢ一ㄧ行ㄒㄧㄥ人ㄖㄣ來ㄌㄞ到ㄉㄠ三ㄙㄢ星ㄒㄧㄥ堆ㄉㄨㄟ宇ㄩ宙ㄓㄡ遊ㄧㄡ樂ㄌㄜ園ㄩㄢ的ㄉㄜ廣ㄍㄨㄤ場ㄔㄤ，這ㄓㄜ裡ㄌㄧ依ㄧ舊ㄐㄧㄡ熱ㄖㄜ鬧ㄋㄠ非ㄈㄟ凡ㄈㄢ，噴ㄆㄣ泉ㄑㄩㄢ裡ㄌㄧ的ㄉㄜ泉ㄑㄩㄢ水ㄕㄨㄟ不ㄅㄨ停ㄊㄧㄥ噴ㄆㄣ湧ㄩㄥ，雲ㄩㄣ

霄飛車呼嘯而過，人們盡情的享受與玩樂。再來到遊戲競賽的大廳，角落放置了許多桌子，上面擺放著各式美食，有墊在金箔上的烤肉、青銅面具造型的冰淇淋，也有用青銅器盛裝的各式餐點、各種兵器形狀的餅乾，整個大廳都充滿食物的香氣。

　　武角星看到這五花八門的饗宴，便不顧一切的衝過去，狼吞虎嚥的吃著，曲小奇也跟著上前大快朵頤。

　　「你吃慢一點，看看你的衣服，上面全都是食物殘渣！」曲小奇邊吃邊取笑武角星。

　　「還敢說我，你也一樣！」武角星也指著曲小奇的衣領笑道。

　　「我哪有……」曲小奇低頭拍拍自己的衣服，突然間，他大驚失色的喊道：「糟了！我的錦囊呢？」

　　曲小奇的叫聲把他身邊的人都

嚇了一跳，紛紛回頭看他。就在曲小奇急得團團轉的時候，不遠處有人高喊了一聲：「啊！我被貓抓傷了！」

曲小奇望過去，只見一隻貓在眾人腳下靈活的閃躲，嘴裡還叼著一個閃閃發亮的東西，那個東西發出的光芒和第一次見到杖靈時，波特石碎片發出的光芒一模一樣。

「請幫我抓住那隻貓！」曲小奇立刻明白那隻貓嘴裡的東西就是自己遺失的錦囊，連忙請求大家幫忙，希望能攔住她。

這時，忽然出現的黑小逗開啟快速滑行模式，飛也似的穿過人群，擋在貓的面前。結果，那句在網路上廣為流傳的「貓都是液體」的幽默說法，在此刻得到了完美的驗證 —— 那隻貓就在黑小逗的眼前，柔軟又靈活的從他輪子之間的縫隙中溜了出去，還順勢把黑小逗絆倒在地。

曲小奇和武角星一邊鑽過人群，一邊高呼：「小偷！有小偷！那隻貓偷了我們的東西！」

大家聽到喊叫聲，有的及時為他們讓路，有的則加入追貓的隊伍中。可是，那隻貓靈活的東奔西竄，很快就消失在人群中。正當少年奇探團不知道如何是好時，一張發著金色光芒的網子從天而降，網住了那隻四處逃竄的貓，武角星趕緊一個箭步上前，抓住了她。

「總算抓到你這隻貓小偷了，看你還能往哪兒跑！」武角星終於能揚眉吐氣。「慢著，你不是第二輪競賽中的狸花貓嗎？」

「小狸！怎麼是你？」杖靈驚訝的問。

「原來你叫做小狸。」曲小奇撥開人群走過來，伸手就想拿回錦囊。沒想到，狸花貓卻不肯鬆開咬住錦囊的嘴巴，於是他生氣的說：「你快鬆口，把錦囊還給我！」

「小狸，你怎麼可以偷別人的東西？快還給他！」杖靈嚴肅的警告：「否則我將按照三星堆宇宙遊樂園的規定，取消你參加遊戲競賽的資格，並將你逐出遊樂園。」

「哼！」小狸不情不願的鬆開錦囊。「我只是看見它在發光，所以拿來看看而已。更何況，誰知道這個錦囊是不是你們的！」小狸對曲小奇他們不以為然的說道。

武角星一聽便激動的反駁：「這個錦囊裡面裝的是校長給我們的波——」

「噓！武角星，別說了。」曲小奇趕緊拉了拉武角星的衣角提醒他，還不忘向杖靈道謝：「謝謝杖靈姐姐幫我們找回東西。」

杖靈點點頭，示意小狸離開，小狸一臉不服氣的瞪了少年奇探團一眼，小聲埋怨：「總有一天，我會讓你們把錦囊物歸原主的！喵！」然後就一溜煙跑得不見蹤影

了。

　　圍觀的人群慢慢散去，杖靈安撫少年奇探團說：「小狸一直都很溫順，今天不知道是怎麼了？不過巧合的是，小狸出現的時間和我撿到碎片是同一天，而且她和你們一樣，也想要那塊碎片，於是就報名參加遊戲競賽了。」

　　「她竟然也想要波特石碎片！」曲小奇和武角星感到不可思議的睜大了眼睛。

　　「好了，你們先調整自己的狀態，平復心情，專心準備比賽，之後的競賽會越來越困難喔！」杖靈離開後，留下少年奇探團在原地陷入沉思。

第10章
冷漠的青銅人首鳥身像

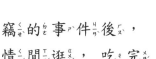

　　發生錦囊差點失竊的事件後，少年奇探團也沒有心情閒逛，吃完午餐就回到了休息室。

　　「我覺得那隻叫做小狸的貓一定有問題，你們覺得呢？」曲小奇詢問大家的想法。

　　「我也這樣認為，她該不會是T博士的手下吧？」白小花說：「我想起來了，之前我給武角星的

125

巧克力不小心掉到地上過，好像就是那隻貓撿起來還給我的。」

「那迷魂藥水一定也是她在那時候偷放的！」武角星氣憤的說。

「有可能。」白小花同意武角星的猜測。

「可是我覺得有點奇怪。」黑小逗提出不同的意見：「巴比諾星球的貓都是機器貓，那隻貓並不是，不像是 T 博士的手下。」

白小花一時語塞，她思索片刻後說：「萬一這是她偽裝後的樣子呢？你們剛到這裡的時候，不是被 T 博士的手下襲擊了嗎？表示 T 博士的手下早在你們抵達前，就已經在這裡埋伏了。」

「襲擊？」曲小奇覺得有些不對勁，於是問道：「小花老師，您怎麼知道我們被 T 博士的手下襲擊？」

「啊？」白小花被問得不知所措，慌亂的回答：「不……不是你們

之前告訴我的嗎？」

「是嗎？ 好吧……」 曲小奇抓了抓頭， 欲言又止。

「無論如何， 那個小狸想偷我們的錦囊是事實！」 武角星想起剛才的事， 依舊火冒三丈， 對小狸心存芥蒂。

白小花點頭附和： 「我們在接下來的競賽中， 必須想辦法淘汰她， 誰知道她會不會又來搶波特石碎片！」

「同意！」 武角星舉起雙手贊成。

曲小奇思考了一會兒。 「但是她的實力很強， 宇宙飛花令的最後一題， 你們還在絞盡腦汁思考時， 她在晉級選手區瞬間就說出了答案， 感覺她是一個很厲害的對手， 想淘汰她， 應該不容易。」

眼看氣氛一片低迷， 白小花對黑小逗說： 「今天別再讓曲小奇和武角星出門了， 有事由我們處理，

以免引人注意或滋生事端，如何？」

黑小逗點點頭，兩個男孩也同意這個提議。

帶著一連串的疑問，懷著各自的心事，四人在房間裡度過了剩下的半天時間。

又到了新的一天，少年奇探團按照青銅腕錶上的指示，來到了遊戲大廳，很快的，參賽選手就集合完畢。這一次，賽前必須進行安全檢查，大家在青銅衛兵的引導下排成四排，不過白小花卻遲遲未到。

「小花老師呢？」武角星問。

「她去充電了，說一會兒就過來。」曲小奇說：「小花老師這次回來，好像一天到晚都在充電，比小逗老師更頻繁。」

現場的指揮聲打斷了他們的對話：「仔細檢查！要是發現誰身上帶著違禁品，那個人就直接淘汰！」

128

武角星忍不住感嘆：「哇！安全檢查看起來很嚴格！」

「都是因為你！我不想再聽到你的歌聲了！」

邊說話邊走近的是這一輪遊戲競賽的主持人——青銅人首鳥身像，她的聲音聽起來像是一位酷酷的大姐姐，外形是一隻「人面鳥」，頭頂扁平，臉型方正，戴著面具，雙眼微微隆起，有著寬大的耳朵和高挺的鼻梁。她的身體比較短小，翅膀卻很龐大。

曲小奇目不轉睛的看著她，按捺不住激動的心情問：「請問你是青銅人首鳥身像嗎？我是你的粉絲！」

青銅人首鳥身像清了清嗓子回應：「沒錯，我就是。」同時低頭整理羽毛，始終沒有正眼看曲小奇。

曲小奇小心翼翼的問：「我能問你幾個問題嗎？」

青銅人首鳥身像

三星堆二號祭祀坑出土文物

　　青銅人首鳥身像的頭頂扁平，還戴著古代用來束髮及固定頭冠的髮飾「頍」，它方正的臉上戴著面罩，鼻子高挺，大大的耳朵向外展開，身體較短小。青銅人首鳥身像的羽翼寬大，尾羽分叉並往上下捲曲，上面還有雲彩紋樣的裝飾，但出土時已經斷裂。

　　古人有「以上為尊」、「居中為尊」的觀念，青銅人首鳥身像通常出現在小型青銅神樹的頂端，或是青銅神壇頂端的中央，可見它具有神聖的意義。

「不用說了，我知道你要問什麼。」青銅人首鳥身像直接打斷曲小奇。「第一，我腳下原本是青銅神樹的樹枝，但為了行動方便，所以現在沒有帶著它。第二，我頭上戴的不是王冠，是古代用來束髮及固定頭冠的髮飾『頍』。你還有其他問題嗎？」

曲小奇被她一語中的的說話方式所折服，驚嘆道：「好厲害，竟然能預測到我的問題，謝謝你的解答！」

「別謝我了。」青銅人首鳥身像不在乎的說，同時示意少年奇探團看向前方。「你們還是看看前面的隊伍吧！」

糟糕！這一聊又差點忘記時間，眼看其他選手已經快入場完畢了，少年奇探團急忙跑上前去。

（未完待續）

奇探寫作課

武角星，如果你想把遊戲競賽描述得豐富精彩，就必須將細節交代清楚。

那該怎麼做呢？

在日常生活中，我們要養成用心觀察、記錄細節的習慣，比如記錄重要的時間點、關注人物微小的言行舉止等。

寫作小技巧　細節刻劃法

- 說明：細節刻劃法是對細小的環節或情節進行詳細的描寫。
- 作用：細節豐富能讓故事更精彩和真實，還能讓人物形象更鮮明。

細節刻劃法聽起來很難，小逗老師，你能舉例嗎？

當然可以。我們的故事裡就有大量的細節刻劃，我選了三個例子，你能看出在這三段文字中，細節刻劃法發揮了什麼作用嗎？

135

例子 1 ● 曲小奇和武角星玩「木頭人」

原文見第 80 頁：

這時，天花板上開始落下水珠，像是零星的毛毛雨。剛好有一滴水落在武角星的臉上，他面有難色，因為水珠像是螞蟻在身上亂爬似的，令人發癢，他只能拼命忍住想抹掉的衝動，任由水珠緩緩從臉上滑落。同樣被水滴到的曲小奇也咬緊牙關，緊閉雙眼，任憑水珠從身上流下去。

細節刻劃的作用：_____。

例子 2 ● 金面罩出場

原文見第 87 頁：

這時，一個陌生的聲音從天而降。「歡迎大家來到第二輪的遊戲競賽 —— 宇宙飛花令。」從空中緩緩降落到主持臺的是主持人 —— 一個薄如蟬翼的金色面罩。他的眉眼鏤空，兩耳輪廓圓潤，鼻梁高挺，大大的嘴巴微張，造型威嚴莊重。而他的聲音具有特殊的金屬質感，清脆悠揚，讓人聽起來心情舒暢。

細節刻劃的作用：_____。

原文見第 99～100 頁：

　　　「好像比我的順耳一點，但還是有點奇怪？我再想想⋯⋯」武角星著急的敲打答題臺，臉漲得通紅。「我想起來了！是『兩個黃鸝鳴翠柳，一行白鷺上青天』！」他手指顫抖著在答題板上輸入答案，直到看見答題板上出現「回答正確」的字樣，才大大的呼出一口氣，卻不忘調侃：「小逗老師，看來你沒有完全修好啊！」

細節刻劃的作用：_____。

答案

● 例子 1：對曲小奇和武角星神態的細節刻劃，表現他們面對挑戰的堅忍不拔。
● 例子 2：對金面罩外貌的細節刻劃，表現他身為主持人的莊嚴。
● 例子 3：對武角星作答時的細節刻劃，表現他著急的心情。

快來看看你的答案和我是不是一樣吧！

寫作文的時候，我們可以透過細節刻劃法，對人物的外貌、動作和臺詞深入描寫，重現事情發生時的情境，讓讀者有身臨其境的感覺。

原來有這麼多細節可以描寫，我再也不用擔心寫不出作文了！

但不是所有細節都值得寫，如果把所有細節都寫出來，作文就會變成「流水帳」，寫作時一定要避免這個情況。

那什麼樣的細節才值得寫呢？

需要依照作文的主旨判斷，刻劃的細節一定要扣緊想表達的主題，選取最具有特殊性和說服力的細節，讓人物與故事透過細節，展現出鮮明的特點，達到「見微知著」的效果。

寫作小技巧　見微知著法

- 說明：透過細節和小事件來表達深刻的道理，或突出重要的主題。

- 作用：看似不起眼的細節，往往會對故事的推進、人物的生動程度等，發揮重要作用。

我懂了，我立刻用這兩種方法練習寫一篇作文！

奔跑吧！木頭人

　　為了拿到波特石碎片，我們少年奇探團報名參加三星堆宇宙遊樂園的遊戲競賽。一聽到遊樂園與遊戲競賽，我簡直樂不可支，因為玩遊戲就能完成任務，實在太簡單了！殊不知，那些遊戲都暗藏玄機，例如「不能動的木頭人」這個遊戲，就和我們平時玩的不一樣，困難程度簡直難以想像！

　　「不能動的木頭人」這一輪遊戲的主持人是青銅立人，他的身材高大，五官輪廓分明，走路的腳步緩慢而沉重，還會發出「咚！咚！咚！」的聲響，看起來嚴肅冷漠，氣勢十足，一出現在比賽場地，就讓所有選手自動安靜。我覺得他很適合擔任這個遊戲的主持人，因為他突出的雙眼和向外展開的雙耳，就像是他視力和聽力過人的證明，彷彿我們的一舉一動盡在他的掌握中！

　　玩遊戲時，青銅立人站在終點線上，語速忽快忽慢的說出：「一、二、三，木頭人！」

作文開頭：
交代背景，引出下文。

作文第二段：
模仿例子2，刻劃青銅立人出場時的動作和外貌等細節。

作文第三段：
模仿例子 1 和例子 3，刻劃遊戲時主人翁的心理狀態，並突顯人物的性格特色。

說完會立刻回頭，當他回頭的時候，所有人都不能動，否則就會被淘汰。與一般的「一、二、三，木頭人」不同的是，遊戲場地設置了各種機關，包括會隨機打開的地板、毫無預兆出現的霧氣、隨時會落下的水珠。除了機關，干擾我們前進的還有青銅立人的指定問答，內容涉及各個領域的知識。還好我遇到的問題不難，回答正確的瞬間，我真的欣喜若狂！

就在我們歷經千辛萬苦，馬上要到達終點時，小逗老師突然發生意外，動彈不得。眼看時間一分一秒的流逝，小花老師向我提議，讓小逗老師留在原地，我和她先衝到終點。但我認為不能拋棄隊友，因此我咬緊牙關，使出吃奶的力氣扛起小逗老師，奮力衝向終點。

沒想到小逗老師看起來很輕，扛起來卻像一塊巨石，重重壓在我的肩膀上，每一步都有如泰山壓頂。我拼命為自己加油打氣，距離終點還有五步、四步、三步……

就在距離終點只剩下兩步的時候，「啪噠！」——我突然腳步不穩，導致小逗老師從我的肩膀上滑下來。由於沒有時間將小逗老師重新揹好，我急中生智，將

全身的力氣都集中在右手上，費盡九牛二虎之力，把他扔向了終點線。

　　小逗老師在地面上緩緩滑行了一段路，眼看就要在距離終點僅剩一步的地方停下來，讓我緊張到冷汗直流。幸好，小逗老師靠著慣性繼續前進，剛好越過了終點線，而我也趕在最後一秒到達了終點！

　　就這樣，我們有驚無險的通過了「不能動的木頭人」這個遊戲。這是我玩過最刺激有趣的「一、二、三，木頭人」，既要全神貫注，小心來自各個方向的機關，又要爭分奪秒的衝向終點，實在應該把這個遊戲命名為「奔跑吧！木頭人」才對。雖然過程很艱辛，但是現在回想起來，是一個令我相當難忘的經歷。

作文結尾：
總結全文，點出重點，呼應主題。

透過「細節刻劃法」，能讓作文變得生動又豐富，你學會了嗎？

141

下集預告

通過嚴格的安全檢查後，少年奇探團即將迎來第三輪的遊戲競賽。

看似輕鬆的「水上獨木橋」遊戲，其實暗藏玄機，在少年奇探團危在旦夕的緊急時刻，小狸出手相救，表現出友善的一面，讓少年奇探團深受感動。但白小花卻以小狸對波特石碎片虎視眈眈為由，對小狸相當排斥。白小花的想法為什麼會和少年奇探團產生分歧？小狸為什麼會幫助少年奇探團？她到底是敵是友？

隨著遊戲難度逐漸提升，新的對手也更加深不可測。少年奇探團還會遇到哪些難以預料的挑戰？又能想出哪些妙招化解呢？

敬請期待第二集！

宇宙遊樂園

三星堆遺址

國家圖書館出版品預行編目(CIP)資料

少年奇探團1波特石與T博士 / 曲小奇編寫組
作；何展任繪. -- 初版. -- 新北市：大眾國際書
局股份有限公司 大邑文化, 西元2024.6
144面；14.8x21公分 . – (偵探學園；5)
ISBN 978-626-7258-80-4 (平裝)

859.6   113006989

偵探學園CLL005

少年奇探團1波特石與T博士

作　　　者	曲小奇編寫組	
繪　　　者	何展任	
副　主　編	徐淑惠	
執 行 編 輯	邱依庭	
封 面 設 計	張雅慧	
排 版 公 司	菩薩蠻數位文化有限公司	
行 銷 業 務	楊毓群、蔡雯嘉、許予璇	
副 總 經 理	楊欣倫	
出 版 發 行	大眾國際書局股份有限公司 大邑文化	
地　　　址	22069新北市板橋區三民路二段37號16樓之1	
電　　　話	02-2961-5808（代表號）	
傳　　　真	02-2961-6488	
信　　　箱	service@popularworld.com	
大邑文化FB粉絲團	http://www.facebook.com/polispresstw	
總 經 銷	聯合發行股份有限公司	
	電話 02-2917-8022　　傳真 02-2915-7212	
法 律 顧 問	葉繼升律師	
初 版 一 刷	西元2024年6月	
定　　　價	新臺幣280元	
I S B N	978-626-7258-80-4	